PAC O STRAEON RYGBI 2

Pac o
Straeon Rygbi 2

Golygydd
Alun Wyn Bevan

GOMER

Argraffiad cyntaf—2001

ISBN 1 84323 038 0

ⓗ Hawlfraint y detholiad: Gwasg Gomer 2001 ©
ⓗ Hawlfraint y straeon: yr awduron 2001 ©

Cyhoeddwyd dan gynllun comisiynu
Cyngor Llyfrau Cymru.

Dymuna'r cyhoeddwyr gydnabod cymorth
Adrannau Cyngor Llyfrau Cymru.

Argraffwyd gan
Wasg Gomer, Llandysul, Ceredigion SA44 4QL

Cynnwys

Y Tad a'r Mab

Bethan Gwanas

'Thwac!' ac roedd y darpar-daclwr ar y llawr. Roedd honna'n hwp llaw a hanner gan Daniel, ond roedd y boi wedi gofyn amdani. Doedd o ddim wedi anelu'n ddigon isel, felly tyff. Ond doedd gan Daniel ddim amser i boeni am ddiffyg gallu y gwrthwynebwyr, roedd y llinell gais o'i flaen. Gwelodd gysgod taclwr arall yn dod o'r chwith; roedd hwn yn taranu amdano, ond wedi i Daniel roi cam bach sydyn i'r ochr, roedd hwnnw hefyd wedi mynd ar ei ben i'r ddaear. Plymiodd Daniel dros y llinell, reit o dan y pyst, a chlywodd yr hogia'n bloeddio y tu ôl iddo. Arhosodd yno am ychydig, yn mwynhau'r profiad: yr adrenalin yn pwmpio drwy bob gwythïen, ei freichiau'n dynn am y bêl, ei ên yn gorffwys arni, ac arogl gwair a mwd yn ei ffroenau. Yna roedd rhywun wedi ei godi ar ei draed, ac roedd yr hogia'n ei daro ar ei gefn, gan wenu fel ffyliaid.

'Est ti fatha mellten fan'na, Dan!'

'Be gest ti i frecwast, dŵa? Chwech *shredded wheat*?'

Gwenodd Dan, a thaflu'r bêl i Siôn. Mi fyddai hon

yn hawdd iddo ei throsi. Ac yna, fe fydden nhw 14 pwynt ar y blaen a dim ond pum munud i fynd. Roedden nhw'n siŵr o ennill. Gwyliodd Siôn yn camu'n ôl yn bwyllog, yn rhythu ar y pyst gan anadlu'n ddwfn i'w sadio ei hun. Yna, gyda chic oedd yn edrych bron yn ddi-ymdrech, hedfanodd y bêl drwy'r pyst. Perffaith. Trodd Siôn ar ei sawdl a rhoi gwen swil i'w dîm, a'r tu ôl iddo, roedd pennau bechgyn Ysgol y Dyffryn bron wrth eu botymau bol. Roedden nhw'n amlwg wedi cael digon.

Cyn pen dim, roedd y dyfarnwr yn edrych ar ei oriawr, ac yna'n codi'r chwiban i'w geg. Roedd Ysgol y Graig wedi ennill – eto.

'Gwych, bechgyn!' bloeddiodd Mr Ifans yr athro chwaraeon, a llamu ar y cae efo'i goesau hirion. '*Absolutely brilliant!* Doedden nhw dim yn gwybod beth oedd wedi hitio nhw!' Wedi dysgu Cymraeg oedd Mr Ifans, tua'r un pryd â phan newidiodd ei enw o Evans i Ifans. Roedd o mor frwdfrydig am bob dim bob amser, ac edrychai'n debyg i ebol efo'i osgo heglog a'i wallt hir. Ond allai *o*, hyd yn oed, ddim gweiddi mor uchel a chyson â Mr Williams, tad Siôn. Roedd hwnnw, fel arfer, â wyneb fel tomato ar ôl yr holl floeddio.

'Reit dda, Siôn,' meddai'n rhyfeddol o gynnil wrth ei fab, gan wenu. Ac yna cloi pen Siôn dan ei gesail yn chwareus, a reslo nes roedd y ddau'n rhowlio chwerthin ar y llawr. Syllodd Daniel arnyn nhw a hanner gwên ar ei wyneb, a llyncu'n galed. Roedd y wefr o ennill wedi diflannu'n sydyn, gan adael blas cas, gwag. Edrychodd o'i gwmpas a gweld tadau eraill yn llongyfarch eu meibion, ambell fam hefyd ac ambell frawd a chwaer. Dacw Ger Siop yn cael anferth o goflaid gan ei dad. Roedd o'n ei haeddu hefyd, ar ôl neidio cystal yn y llinell. A dyna Edwyn Dinas yn cerdded i gyfeiriad y stafell newid ac yn sgwrsio'n ddwys gyda'i dad yntau. Roedd pawb wedi dod i'w gweld nhw – pawb ond ei dad ei hun. Ond doedd hynny ddim yn beth newydd.

'Mae o'n rhy brysur 'sti,' oedd eglurhad ei fam pan ddechreuodd Daniel chwarae i dîm ysgol y Graig. Oedd, debyg iawn. Darlithydd pwysig fel Trebor Lloyd Jones BA, MA, PhD. Wrth gwrs, go brin y gallai o fforddio awr neu ddwy ar bnawn Sadwrn i wylio ei unig fab yn chwarae rygbi. Yn doedd ganddo waith i'w wneud yn dragwyddol? Darlith i'w pharatoi, llyfr i'w sgwennu, traethodau i'w marcio, llyfr arall i'w sgwennu . . . a wiw i neb ei styrbio.

Syllodd Daniel eto ar Siôn a'i dad yn chwerthin fel plant. Ffarmwr oedd Mr Williams, un prysur oedd yn cael trafferth cadw dau ben llinyn ynghyd. Ond roedd o yno bob dydd Sadwrn fel wats, er fod ganddo ddefaid yn dod ag ŵyn, gwartheg i'w porthi, waliau i'w codi a theulu mawr i'w fagu.

Doedd pethau ddim yn gwneud synnwyr, ond dyna fo, roedd Daniel wedi hen arfer bellach. Cerddodd am yr ystafell newid.

'Hei, Dan?' gwaeddodd Mr Williams arno, 'gest ti uffar o gêm dda 'ngwas i; werth dy weld, cofia.'

'Diolch, Mr Williams.'

'A ti'n gwbod pwy oedd y dyfarnwr 'na heddiw?'

'Na, pwy?'

'Hyfforddwr tîm Gwynedd, neb llai. Ac os na chei di dy ddewis eleni, mi fyta i fy nghap stabal . . .' Gwenodd Daniel arno'n ddiolchgar.

'Hei! Be amdana i?' gofynnodd Siôn yn ffug-flin.

''Swn i'm yn dy fyta di, siŵr,' gwenodd Mr Williams, 'rhy tyff o'r hanner.'

Ac roedd y ddau yn esgus ffustio'i gilydd eto.

Pan gyrhaeddodd Daniel y tŷ rai oriau'n ddiweddarach, roedd y lle fel y bedd.

'Mam?' gwaeddodd wrth daflu ei fag ar lawr y gegin, 'Mam? Lle 'dach chi?'

'Wedi picio drws nesa,' meddai llais ei dad y tu ôl iddo, 'a phaid â gadael hwnna fan'na, beryg i rywun faglu drosto fo.'

Oedodd Daniel, yna gafaelodd yn ufudd yn ei fag a mynd ag o drwodd at y peiriant golchi yn y cefn, i ganol y potiau paent a'r hen esgidiau. Tybed a fyddai ei dad yn ei holi am y gêm rŵan? Roedd o'n amlwg wedi gweld y bag ac yn gwybod lle roedd o wedi bod drwy'r pnawn. Aeth yn ei ôl i'r gegin, lle roedd ei dad yn llenwi'r tecell.

'Tisio panad?' gofynnodd wrth gau'r tap.

'Dim diolch,' atebodd Daniel, ac agor drws y rhewgell i chwilio am rywbeth i'w gnoi. Tawelwch.

'Ti 'di gneud dy waith cartra eto?' gofynnodd Trebor Lloyd Jones, BA, MA, PhD.

'Wna i o fory.' Pam na wnaiff o holi am y gêm, meddyliodd Daniel.

'Fory? Gwranda, fedri di'm fforddio meddwl fel'na a hitha'n DGAU arnat ti 'leni.'

Brathodd Daniel ei dafod, a phenderfynu mai calla dawo. Ond roedd hi'n amlwg nad oedd ei dad yn cytuno.

''Swn i'n chdi, 'swn i'n dechra arni rŵan, rhoi ryw ddwyawr dda i mewn cyn swper.'

'Dwi 'di blino, Dad.' Doedd dim byd yn y rhewgell yn apelio, a chaeodd y drws.

'Yn hollol, be ti'n ddisgwyl ar ôl gêm rygbi?'

O, felly, dyna sy'n ei gnoi o, meddyliodd Daniel. Mae o'n cofio'n iawn am y gêm.

'Dad? Be 'dach chi'n . . ?'

'Dwi 'di bod yn meddwl. Dwi'n meddwl y dylat ti roi'r gora iddi am eleni.'

'Y gora i be?'

'Rygbi.'

Rhythodd Daniel arno'n hurt. Chwiliodd am

arwydd o wên, rhywbeth i ddangos mai tynnu coes oedd o. Ond doedd ei dad ddim yn dynnwr coes, a doedd dim golwg o wên yn y llygaid glas, oer. Roedd o'n dal i siarad.

'Mae'n flwyddyn bwysig, rhy bwysig i chdi wastraffu dy amser efo ryw gêm wirion, ac mae'n hen bryd i ti . . .'

'Gêm wirion?' Roedd llais Daniel yn swnio'n od. 'Tydi hi'm yn gêm wirion i mi, Dad.'

'Yn hollol, ti'n ifanc ac yn . . .'

'Dad! Dwi ddim yn rhoi'r gora i rygbi, iawn?' Rhythodd y ddau ar ei gilydd mewn sioc. Doedd Daniel erioed wedi gweiddi ar ei dad o'r blaen. Sylwodd ar geg ei dad yn cau ac agor fel ceg pysgodyn ac, am eiliad, roedd o eisiau chwerthin.

'I dy stafell!' rhuodd y pysgodyn, 'y munud 'ma! Ti'm yn siarad fel'na efo fi! Pwy wyt ti'n feddwl wyt ti, y?'

Oedodd Daniel. Roedd o eisiau gweiddi'n ôl, taflu rhywbeth, sodro ei ddwrn yn wyneb fflamgoch ei dad. Ond brathodd ei dafod, trodd ar ei sawdl a cherdded yn urddasol i fyny'r grisiau. Gallai glywed llais ei dad yn dal i ruo o'r gegin, ond doedd o ddim yn gwrando. Roedd o'n canolbwyntio ar geisio rheoli'r cryndod yn ei gorff. Cyrhaeddodd ei lofft, a chaeodd y drws y tu ôl iddo gyda chlec fyddarol. Edrychodd ar y lluniau o Gareth Edwards, Scott

Quinnell, Jonah Lomu a Stephen Jones oedd yn blastar dros y wal. Gofalodd gloi'r drws, yna aeth at y peiriant CDs, a throi'r botwm sain i'r pen. Ffrwydrodd Eminem drwy'r tŷ, ac ymosododd Daniel ar ei fag bocsio oedd yn crogi o'r to. Waldiodd, ffustiodd a dyrnodd nes roedd y niwl o ddagrau yn ormod iddo. Anwybyddodd y dyrnu a'r gweiddi ar y drws.

Roedd yr awyrgylch yn y tŷ fel yr Antartig am weddill y penwythnos. Gwrthododd y tad a'r mab edrych ar ei gilydd, a rhoddodd mam Daniel y gorau i geisio gwneud iddynt gymodi. Ond fel roedd Daniel yn gadael am yr ysgol fore Llun, daeth hi ar ei ôl.

'Meddwl amdanat ti mae o 'sti, ti a dy ddyfodol.'

Edrychodd Daniel arni'n drist, a mynd heb ei hateb. Roedd hi wastad yn ochri gyda'i gŵr, a doedd dim pwynt ceisio dal pen rheswm â hi. Doedd o ddim yn ddwl, ac roedd o'n cael marciau eitha da yn gyson, felly pam oedd angen ffysian fel hyn? Rhedodd bob cam i'r ysgol er mwyn ceisio clirio'i ben.

Amser egwyl, ac roedd o'n cicio pêl ar yr iard uchaf gyda Siôn a'r gweddill. Pàs daclus gan Edwyn reit o flaen y gôl, a rhoddodd homar o gic iddi nes bod Darren y gôl-geidwad yn tuchan ar y llawr, wedi derbyn y bêl yn ei stumog.

'Hei, callia, Dan. Be mae Darren wedi'i neud i chdi?' gofynnodd Siôn.

'Dim. Sori, Darren, ti'n iawn?'

Cododd Darren ar ei draed yn sigledig, a rhoi nòd i ddangos ei fod yn dal ar dir y byw. Edrychodd Siôn ar Daniel yn ofalus.

'Be sy'n dy gnoi di heddiw ? Ti 'di bod yn chwara fatha *psycho.'*

'Do? Sori, do'n i'm 'di meddwl.'

'Hynny'n amlwg. Be sy 'ta?'

Adroddodd Daniel hanes y penwythnos wrtho.

'Does 'na neb arall yn gorfod rhoi'r gora iddi nagoes?' meddai wedyn.

'Dwi'm yn meddwl,' atebodd Siôn yn fyfyriol.

'Yn hollol, mae gan bawb arall dad normal. A ph'un bynnag, mi fydd y tymor rygbi drosodd pan fydd yr arholiada 'mlaen.'

'Be ti'n mynd i neud 'ta?'

'Dal ati 'de. Fedar o mo'n rhwystro i, oni bai ei fod o'n 'y nghloi i mewn, a 'swn i lecio'i weld o'n trio.'

'Ia, ond mae o'n dad i chdi . . .'

'Yndi, ond mae pob tad arall yn falch os ydi'u plant nhw'n chwara i dîm yr ysgol. Fysa dy dad di byth yn disgwyl i chdi roi o i fyny.'

'Na fysa, ond dydi o'm yn disgwyl i mi fynd i brifysgol, s'gin i'm y brêns . . .'

'Ia, wel . . . m'ots gen i be ma' Dad yn ddisgwyl ohona i. Does 'na neb yn mynd i ddod rhyngdda i a rygbi. Neb.'

Nodiodd Siôn ei ben yn araf.

'Ti'n barod am nos Fercher 'ta?' gofynnodd.

'Treialon Gwynedd? Be *ti*'n feddwl!'

Cafodd chwech o fechgyn Ysgol y Graig eu dewis i gynrychioli Gwynedd, gan gynnwys Siôn a Daniel. Roedd Mr Ifans wedi gwirioni.

'Dwi mor balch ohonoch chi! Rhoi'r ysgol ar y map! A dwi newydd clywed: mae'r gêm cyntaf yn erbyn De Morgannwg . . .' Ochneidiodd pawb. Roedd y rheiny wastad yn curo pawb. Ond doedd Mr Ifans heb orffen: '– yn Stadiwm y Mileniwm!'

'Waw!' rhuodd Edwyn Dinas.

'IEEEES!' gwaeddodd Siôn a Daniel.

'O diar . . .' llyncodd Ger Siop, a rhuthro am y tŷ bach. Roedd ei stumog o wastad yn mynd yn rhyfedd pan fyddai'n cynhyrfu.

Cyn pen dim, roedd Siôn wedi ffonio adref ar ei ffôn lôn, ac ar ôl bonllefau a gweiddi mawr gan ei dad, roedd y teulu cyfan wedi trefnu penwythnos yn y Ddinas Fawr: cyfle i bawb gael gweld Siôn yn rhedeg allan ar y cae sanctaidd, a chyfle hefyd i Mrs Williams gael siopa.

'Ia, gwneud penwythnos iawn ohoni!' gwaeddodd Mr Williams, nes roedd Siôn yn gorfod dal y ffôn droedfedd o'i glust, ''Dan ni mor falch ohonat ti, cofia; brysia adra i ni gael agor y siampên!'

Erbyn deall, roedd teuluoedd y pedwar arall am

wneud yr un peth, a phawb yn holi ei gilydd pa westy fyddai orau.

'Beth amdanat ti, Daniel?' gofynnodd Mr Ifans, 'fydd dy rieni dithau am gwneud penwythnos ohonynt?'

'Dwi'm yn meddwl, syr . . . Dad braidd yn brysur dyddia yma . . .'

'O, ydi mae'n siŵr. Lawr ac i fyny yr un ddiwrnod felly?'

'Ym . . . mae'n siŵr.'

Ciciodd Daniel hen gan cwrw yr holl ffordd adref. Roedd ei ben yn troi. Byddai ei dad yn gwylltio'n gacwn pan glywai . . . ond eto, efallai y byddai'n sylweddoli o'r diwedd bod gan ei fab allu gwirioneddol, ac yn falch ohono?

Awr yn ddiweddarach, ac Eminem yn atseinio drwy'r tŷ, roedd Daniel yn difaru iddo ddweud gair wrth ei dad. Beth oedd ar ei ben yn gobeithio y byddai'n gefnogol iddo? Roedd hi wedi mynd yn ffrae eto, ffrae gas, filain, a'r ddau'n gweiddi ar dop eu lleisiau.

'Pam na fedrwch chi fod fatha Mr Williams? Mae o'n *falch* o'i fab!'

'Am fod ganddo ddisgwyliada mor isel! Dwi'n disgwyl tipyn gwell gen ti, Daniel!'

'Disgwyl fyddwch chi felly yndê! A waeth gen i be

ddudwch chi, dwi'n mynd i Gaerdydd – hebddach chi! Ga i lifft gan Mr Williams!'

'Daniel! Ty'd 'nôl 'ma'r munud 'ma! Daniel!'

Roedd Daniel wedi llwyddo i osgoi ei dad a chau y cyfan allan o'i feddwl drwy hyfforddi'n galed ar y cae ac yn y gampfa bob nos, ond yma, yn ystafell newid Stadiwm y Mileniwm, roedd ei fol wedi dechrau corddi. Teimlai'n benysgafn. Aeth i'r tŷ bach eto – ac eto.

'Ti'n iawn, Dan?' holodd Siôn wrth sylwi ar ei wyneb gwelw.

'Nacdw.'

'Na finna. Stumog 'ma'n mynd fel cymysgydd sment. A dwi'n chwysu fel mochyn.'

'Be sy'n newydd?' chwarddodd Ger Siop, 'un drewllyd fuost ti 'rioed!'

Chwarddodd pawb, a gwylio Siôn a Ger yn esgus dyrnu ei gilydd.

'Calliwch!' rhuodd Mr Ifans wrth i yntau ddod allan o'r tŷ bach yn welw. 'Llai o'r chwarae gwirion yma! Mae gyda ni gêm pwysig, felly consyntretiwch!' Ufuddhaodd pawb yn syth. Roedd pwysigrwydd yr achlysur yn amlwg i bob un.

''Dach chi wedi gweld enwau eu chwaraewyr nhw ar y daflen, syr?' holodd Edwyn Dinas.

'Naddo, pam?'

'Mae 'na Quinnell, Holmes a Bowen, syr.'

'O diar, oes? Mab neu nai siŵr o fod . . .'

'Dim ots,' gwenodd Siôn, 'mae gynnon ni Edwards a Davies . . !'

Gwenodd pawb.

'Dowch 'laen, hogia,' gwaeddodd Daniel, ei nerfusrwydd yn angof, 'mae'r hwntws 'ma'n meddwl eu bod nhw'n siŵr o ennill, ond mae gynnon ni rywbeth i'w brofi! Rydan ni gystal â nhw bob tamed, ac maen nhw'n mynd i gael sioc ar eu tinau!'

Rhuodd pawb fel un nes roedd y stafell yn atseinio. Roedd rhedeg allan ar y cae yn wefreiddiol. Teimlai Daniel y dagrau'n pigo wrth feddwl pwy arall oedd wedi rhedeg ar y cae yma – mawrion y byd rygbi, enwau oedd yn rhan o hanes y gêm am byth. Iawn, efallai bod y lle bron yn wag heddiw, ond rhyw ddydd, pwy a ŵyr, fe allai fod yn rhedeg allan mewn crys coch a chael ei fyddaru gan 70,000 o leisiau'n galw arno i drechu'r gelyn. Fyddai ei dad yn y dorf bryd hynny? Hy! Go brin. Gallai glywed llais Mr Williams yn rhuo o'r tu ôl iddo. Trodd i edrych ar y cefnogwyr – ychydig gannoedd ar y mwya. Chwiliodd am ei dad – rhag ofn. Ond na, doedd dim golwg ohono. Stwffio fo; derbyniodd bàs gan Siôn a dechrau ymestyn ei goesau. Roedd o'n ysu am gael chwarae, doedd ganddo ddim angen cael ei deulu yno i'w wylio a'i gefnogi. Roedd y gêm ei hun yn ddigon iddo.

Ac roedd hi'n gêm fythgofiadwy. Roedd bechgyn Morgannwg yn gryf a chyflym a hynod ddawnus, ond roedd bechgyn Gwynedd hefyd yn gryf a chyflym, gyda llond gwlad o ddawn – a phenderfyniad. Fu Daniel erioed mewn gêm oedd mor arswydus o galed a chwim. Prin y cafodd neb gyfle i anadlu. Bob tro y câi'r bêl, byddai'n cael ei lorio gan dacl oedd yn tynnu pob defnyn o anadl allan ohono. Ond roedd yntau'n taclo'n wych, heb fethu ei brae unwaith.

Ond Morgannwg a agorodd y sgorio. Cais slei gan y mewnwr ar ôl sgrym o flaen y pyst. Roedd y diawl bach fel llysywen, ac yn gwenu fel giât wrth gael ei longyfarch gan ei gyd-chwaraewyr.

'Dewch nawr, bois!' gwaeddodd. 'Agorwch hi mas! Ni'n mynd i'w maeddu nhw'n rhacs!' Ond 7-0 oedd y sgôr ar yr hanner, er mawr sioc i'r deheuwyr.

Daeth pawb yn ôl allan am yr ail hanner, a'u hwynebau'n dywyll gan benderfyniad. Teimlai Daniel yr adrenalin yn pwmpio drwy'i wythiennau. Roedd o'n mynd i fwynhau pob eiliad o'r gêm yma.

Lein i Forgannwg yn eu hanner eu hunain. Ond roedd amseru blaenwyr Gwynedd yn berffaith. Cododd Ger Siop yn wych ac ymestyn ei freichiau hirion – a chipio'r bêl. Allan â hi yn syth, a chyn pen dim roedd hi yn nwylo Daniel, ac yntau'n rhedeg fel bwled. Gwelodd y canolwr arall yn dod amdano, ond ochr-gamodd yn daclus, a dyna ni – dyma ei gyfle. Roedd bwlch o'i flaen. Ymestynnodd ei goesau a hedfan. Gallai glywed rhywun yn tuchan o'r tu ôl iddo.

'Ddali di byth mohona i rŵan, mêt,' meddyliodd. Roedd o'n rhedeg fel breuddwyd, yn teimlo'n gryf ac ysgafn, a dyna'r llinell gais o'i flaen. Taflodd ei hun drosti, ac yna roedd Siôn, Edwyn a hanner y tîm ar ei ben yn chwerthin a gweiddi a'i lusgo ar ei draed. Roedd o'n teimlo fel brenin. Allai dim yn y byd roi'r fath bleser iddo, byth. Roedd cic Siôn yn llwyddiannus fel arfer. Roedd hi'n 7-7. Ac wedyn cafwyd ugain munud gorau'r gêm. Sgoriodd Morgannwg eto – and talodd Gwynedd y pwyth yn ôl o fewn pum munud gyda chais hyfryd gan yr asgellwr main o Ben Llŷn. Daeth y ddau dîm yn agos droeon, ond roedd amddiffyn pawb fel craig. Ac yna, trosedd gan wythwr Morgannwg. Cic gosb i Wynedd! Gwenodd Siôn, a nodio'n dawel. Dyma ei gyfle yntau. Roedd hi'n gic berffaith, ac roedd Gwynedd ar y blaen gyda dim ond ychydig funudau'n weddill. Roedden nhw'n mynd i ennill!

Ond ar ôl sgarmes wyllt yng nghanol y cae, cododd y mewnwr bach sliwennaidd y bêl, a saethu drwy olwyr Gwynedd. Bytheiriodd Daniel, a hedfan ar ei ôl. Llwyddodd i'w daclo, ond roedd y crinc bach wedi llwyddo i'w phasio i'w asgellwr, a saethodd hwnnw i lawr y cae a sgorio yn y gornel. Aeth bechgyn Morgannwg yn wallgo, a suddodd calonnau'r gogleddwyr. Ac yn syth wedi i'r cefnwr fethu â'i throsi, atseiniodd chwiban y dyfarnwr. Roedden nhw wedi colli – dim ond o drwch blewyn, ond colli ydi colli. Ysgydwodd Daniel ddwylo'r buddugwyr a cheisio gwenu'n fonheddig, yna anelodd am y stafell newid.

'Da iawn ti, fachgen,' meddai llais dieithr y tu ôl iddo, 'cest ti gêm arbennig.'

'Diolch.'

'Wy'n hoffi dy steil di . . . addawol dros ben.'

'Diolch.' Doedd o ddim eisiau siarad, ond roedd o wedi cael ei fagu i fod yn gwrtais, felly ceisiodd wenu eto.

'Beth yw dy enw di hefyd? Daniel?'

'Ia. Daniel Lloyd Jones.' Sylwodd fod y dyn yn edrych yn syn arno.

'Beth? So ti'n fab i Trebor Lloyd Jones, wyt ti? Y darlithydd Cymraeg?'

'Ydw.'

'Wel ie 'fyd . . . rwyt ti'n ware'n gwmws r'un peth ag e! Wel, jiw jiw!'

Sythodd Daniel. Oedd ei glustiau'n gweithio'n iawn ar ôl y gêm? Yn chwarae'n union yr un fath â *phwy*?

'Ie, ro'dd dy dad yn chwaraewr addawol iawn 'fyd – capten colegau Cymru, a gath e gynnig ymuno 'dag Abertawe.'

Be?

'Ond roddodd e'r cyfan lan pan gath e swydd a symud 'nôl lan i'r gogledd – trueni, o'dd dyfodol mowr o'i flaen e, ond 'na fe. Ond ti'n gwbod hyn i gyd, wrth gwrs.'

'Ym . . . mmm.' Roedd o mewn gormod o sioc i allu agor ei geg heb sôn am gynnal sgwrs.

'Wel, 'na fe, cofia fi ato fe – John – John Phillips odw i. Wy'n gweitho 'da'r WRU.'

Bu Daniel yn sefyllian yn y gawod am hir yn ceisio gwneud synnwyr o bopeth – a methu. Roedd ei ben fel lobsgows.

A dyna oedd yn ei ddisgwyl pan gyrhaeddodd adre; wrth agor y drws, llanwyd ei ffroenau ag arogl lobsgows ei fam – a gwelodd ei dad yn dod i lawr y grisiau. Syllodd y ddau ar ei gilydd, heb ddweud gair.

'Croeso'n ôl,' meddai ei dad yn y diwedd.

'Diolch.'

'Gest ti hwyl?' Doedd dim malais yn ei wyneb, sylwodd Daniel.

'Do. Gêm dda . . . ac o, 'nes i gwarfod rhywun oedd yn cofio atoch chi. John Phillips?'

Sythodd ei dad, a gwelwi.

'O . . . John. Dow . . .'

'Ia, rwbath felly ddeudis inna pan ddudodd o 'mod i'n chwarae'n union 'run fath â chi – pan oeddech chi'n chwarae.'

Oedodd ei dad, ac edrych i fyw llygaid ei fab, yna nodiodd yn araf.

'Ty'd i'r swyddfa. Bryd i ni siarad yn gall, dwi'n meddwl.' Roedd y ddau yn dringo'r grisiau pan ganodd y ffôn. Mrs Lloyd Jones atebodd.

'Helô . . . ia. Ydi . . . O iawn, 'rhoswch funud. Trebor? I chdi . . . John Phillips o Gaerdydd?' Sylwodd Daniel ar fysedd ei dad yn tynhau am ganllaw'r grisiau am eiliad. Yna trodd ei dad a dringo'n ôl lawr at y ffôn yn araf.

'Helô . . . Su'mai . . . ia, erstalwm . . . dow. Ti'n meddwl? Daniel? . . . Wel, dwn i'm 'sti . . . 'sa'n well gen i ei weld o'n setlo lawr i'w waith ysgol . . . ia, wel, mater o farn, John . . . ia, ond fi ydi'i dad o . . . wel, bid a fo am hynny, ond dwi'm yn meddwl . . . John! Na ddudis i, iawn! Ti'm yn dallt Cymraeg? . . . Wel ma'n ddrwg gen i am dy blydi *school of excellence*, ond fel'na mae petha, a dyna ni! Ia! Hwyl!' A thaflodd y ffôn yn ôl ar ei grud gyda chlec. Roedd ei wraig yn syllu arno'n gegagored. 'Be?' rhuodd arni.

'Dim,' sibrydodd hithau a dianc am y gegin. Yna trodd Mr Lloyd Jones i wynebu ei fab.

'Ddalltist ti be oedd o eisio mae'n siŵr?' Penderfynodd Daniel gau ei geg, gan fod wyneb ei dad yn lliw peryglus, ond roedd hi'n amlwg i'r ddau fod Daniel wedi deall yn iawn. 'Ac mae'n siŵr dy fod ti'n meddwl mai fi ydi'r tad gwaetha mewn bod,' meddai'n dawelach, 'ac mae'n debyg dy fod ti'n iawn.' Eisteddodd yn swrth yn y gadair wrth ymyl y ffôn. Roedd o'n edrych yn hen. Ac yna, er mawr sioc i Daniel, dechreuodd ei dad wylo.

'Dad? 'Dach chi'n iawn?' Prysurodd i lawr y grisiau tuag ato.

'Nacdw. Dwi ddim yn iawn. Yn bell ohoni. Dwi'n hollol anghywir 'tydw? Wedi creu'r atgasedd 'ma rhyngot ti a fi, am resymau cwbl hunanol . . .'

'Ylwch Dad, dwi'm yn . . .'

'Na, gwranda. Mi wnes i gamgymeriad, yn rhoi'r gorau i rygbi fel yna. Ond un styfnig ydw i, yndê? Ro'n i'n colli'r gêm gymaint, roedd o'n brifo. Ro'n i wedi bod yn byw am rygbi, ei anadlu o. Ond mi benderfynais roi heibio 'pethau bachgennaidd' – roedd gen i wraig, a phlentyn ar y ffordd a swydd dda mewn coleg. Yr unig ffordd i anghofio oedd cau'r gêm allan o'm meddwl i yn *llwyr*. Peidio meddwl am y peth, peidio gwylio – dim. A dyna wnes i, nes i ti ddechrau chwarae, a dod â'r cwbl yn

ôl i mi. Felly ti'n gweld, nid meddwl amdanat ti o'n i
– ond fi fy hun! Ac mae gen i gywilydd!'

Roedd Daniel yn fud. Ond camodd at ei dad, a
rhoi llaw ar ei ysgwydd. Edrychodd ei dad i fyny
arno, ac yna ei gofleidio'n dynn.

'Mae'n ddrwg gen i, Daniel. Mae hi'n wirioneddol
ddrwg gen i . . .'

'Mae'n iawn, peidiwch â . . .'

'Ond dydi hi ddim yn rhy hwyr. Pasia'r bocs
hancesi 'na, wnei di?'

Ufuddhaodd Daniel yn ddryslyd.

Chwythodd Mr Lloyd Jones ei drwyn yn galed, a
chodi'r ffôn. Dechreuodd ddeialu.

'Be 'dach chi'n neud?' gofynnodd Daniel.

'1471, i mi gael ffonio John yn ôl, siŵr iawn. Mae
o'n meddwl bod gen ti ddyfodol llewyrchus, ac os
oes angen mynd â chdi lawr i Gaerdydd bob hyn a
hyn, af fi â chdi – os ga i.' Cododd ei ben a gwenu ar
Daniel. 'Cau dy geg, wnei di, ti'n edrych fel
pysgodyn. Wedi'r cwbwl, mae'n rhaid dy fod ti'n
dda – os wyt ti'n chwarae'n union 'run fath â fi . . .'

Chwarddodd y ddau, a dechrau pwnio ei gilydd
yn chwareus, yn union fel tad a mab.

Geiriau Gareth Edwards

Mirain Dafydd a Hefin Jones

'Croeso i sylwebaeth fyw BBC Radio Cymru o gêm bwysicaf y penwythnos hwn. Mae'n agos iawn yma. Munudau'n unig sydd i fynd. Mae'r bêl yn dod yn araf o'r sgarmes. Dyma Iwan Tomos yn ei phasio i'r wythwr Hywel Wyn. Mae'n hyrddio'i gorff enfawr at y llinell gais.

'Mae'n mynd i sgorio cais dramatig. Ond na! Mae Dylan Evans, y bachgen bochgoch o'r Wern, wedi'i droi wrth iddo ddisgyn dros y llinell. Mae e wedi rhwystro Hywel rhag tirio'r bêl! Am ddrama yma ar Barc yr Arfau. Tacl wych yn dod â'r symudiad a'r gêm i ben. Hen dro i Hywel Wyn druan. Bu bron iddo achub ei dîm rhag colli. Fe aeth amdani yn ddi-os, ond roedd ei ymdrech yn rhy hwyr yn y dydd.

'O na! Sefwch funud. Mae Hywel Wyn wedi codi a golwg fileinig yn ei lygaid ac mae'n rhedeg ar ôl Dylan Evans. Nefoedd yr adar! Mae wedi rhoi pwniad go iawn i hwnnw ar ei drwyn, a . . .'

'NNNNAAAA!'

Deffrodd Dylan yn chwys i gyd! Am freuddwyd!

Ef oedd wedi rhwystro Hywel Wyn, un o chwaraewyr rygbi gorau'r ysgol, rhag sgorio cais. O! Am wych! Er, wrth gofio diwedd y freuddwyd, ni fyddai wedi hoffi cael y dwrn caled yna yn ei wyneb chwaith! Crynodd fel deilen wrth feddwl am y peth!

Y tro diwethaf i Hywel a Dylan gwrdd oedd y dydd Gwener hwnnw cyn hanner tymor. Roedd yr ymarfer wedi bod yn galed iawn, gyda Mr Hughes yn penderfynu dysgu ychydig o symudiadau newydd i'r bechgyn. Roedd hefyd am weld sawl chwaraewr yn newid safleoedd i weld pwy fyddai'n gallu addasu orau i'r amgylchiadau.

Felly, er mai fel asgellwr yr oedd pawb yn gweld Dylan, fe chwaraeodd fel cefnwr ac fel maswr yn ystod y sesiwn hyfforddi. Roedd wrth ei fodd yn cael mwy o gyfrifoldeb. Roedd bywyd asgellwr yn gallu bod yn unig iawn ar adegau, yn enwedig ym misoedd oer y gaeaf pan oedd y blaenwyr yn mynnu cadw'r bêl yn dynn.

Fe basiodd yn gyflym ac yn gywir. Fe giciodd yn dda i'r corneli ac, fel maswr, fe lwyddodd i dorri drwy'r amddiffyn a chroesi'r llinell fantais ar sawl achlysur.

Ar ddiwedd yr ymarfer hwnnw y cafodd y bechgyn y newyddion syfrdanol gan Mr Hughes yr hyfforddwr. Fe alwodd e bawb ato, ac roedd yn amlwg i'r bechgyn i gyd fod ganddo rywbeth pwysig i'w rannu gyda nhw. Roedd gwên fel haul canol haf ar ei wyneb.

'Gwrandewch nawr, bois! Mae gen i newyddion pwysig iawn i chi.'

Aeth ymlaen i esbonio, a chwilfrydedd y bechgyn yn codi gyda phob eiliad. Roedd tîm o'r ysgol wedi cael gwahoddiad i chwarae mewn cystadleuaeth arbennig ar faes enwog y Strade yn Llanelli y dydd Sul canlynol. Dim ond dydd Gwener oedd hi, ac roedd Dylan yn edrych ymlaen yn arw yn barod, ond roedd yn dal yn nerfus iawn.

Wedi i Mr Hughes roi'r llythyrau caniatâd allan, dyma fe'n tynnu Dylan a Iwan, un o ffrindiau gorau Hywel, i un ochr.

'Mae'n ddrwg gen i, Iwan, ond rwy am ofyn i Dylan fod yn faswr ddydd Sul nesaf. Mae e wedi gwneud cryn argraff arna i heno. Mae ei sgiliau wedi gwella'n anhygoel.'

Iwan oedd maswr arferol y tîm, a dim ond eilydd oedd Dylan fel arfer, felly nid oedd syndod fod Iwan yn siomedig. Ond un arall oedd yn ddig iawn oedd Hywel, capten y tîm. Doedd e ddim yn hapus o gwbwl fod un o'i elynion yn cymryd lle un o'i giang.

Roedd giang fawr o fechgyn cryfa blwyddyn wyth wastad yn creu helbul ac yn codi hen grachod ar yr iard. Ychydig ddiwrnodau'n unig ar ôl dechrau ym mlwyddyn saith Ysgol Teifi Sant, aeth Dylan ar goll.

Roedd popeth mor newydd iddo ac fe gollodd ei ffrindiau wrth fynd i godi ei fag.

Sylwodd Mr Roberts, yr athro Mathemateg, ar ei gadair wag a gofynnodd,

'Ydy Dylan yn yr ysgol heddiw? Rwy'n siŵr i mi ei weld yn gynharach.' Ond er gofyn yn daer, doedd neb yn siŵr i ble'r aeth e.

Ymhen hir a hwyr, clywyd cnoc ysgafn ar ddrws y dosbarth. Roedd yn hwyr iawn erbyn hynny. Wrth i Dylan gerdded i mewn, ymddiheuro a cherdded at ei ddesg, dyma rywun o'r rhes gefn yn gweiddi, 'Beth sy'n bod? Ofan dod i'r ysgol wyt ti, y mwlsyn?'

'Pwy waeddodd hynna?' mynnodd Mr Roberts a'i lais yn codi. 'Dewch ymlaen. Pwy oedd e?' holodd eto.

Wnaeth neb gyfaddef; roedd y dosbarth yn ddistaw fel mynwent canol nos. Ond roedd Mr Roberts yn amau un o'i ddisgyblion yn fwy na'r lleill ac fe gymrodd yn ganiataol mai Hywel oedd ar fai.

Wel, pwy fuasai'n ei feio? A Hywel wedi bod yn ymladd ar ei ddiwrnod cyntaf a rhwygo trywsus Huw, ffrind gorau Dylan, ar ei drydydd diwrnod a thaflu gwaith cartref Hanes Rhiannon allan o ffenestr y bws ar y dydd Gwener cyntaf yn fwriadol, doedd dim syndod bod Mr Roberts yn credu mai Hywel oedd ar fai unwaith eto.

Gyrrwyd Hywel yn syth i'r Ystafell Gosb am yr

eildro mewn pythefnos! Byth ers hynny roedd Hywel wedi casáu Dylan. A'r un peth oedd hi flwyddyn yn ddiweddarach.

'Dylan! Mae'n bryd codi!' galwodd ei fam o'r gegin.

'Dod nawr!' galwodd yntau'n ôl, gan sgrialu allan o'r gwely. Cofiodd fod Mr Hughes wedi gofyn am ymarfer cyflym ar gaeau Teifi Sant y bore hwnnw. Roedd amser yn brin ac roedd angen mynd dros rai o'r symudiadau eto, yn enwedig gan fod wynebau newydd yn y tîm.

Brysiodd i wisgo, llowciodd ei frecwast a rhuthro i nôl ei feic.

Dim ond mewn pryd y cyrhaeddodd yr ymarfer pwysig. Pe bai'n hwyr, gallai golli ei le yn ôl i Iwan!

'Dylan Evans?' galwodd Mr Hughes wrth alw'r enwau.

Rhedodd Dylan at weddill y tîm. 'Yma . . . syr,' meddai, allan o wynt. Eisteddodd wrth ymyl Huw a dechreuodd y ddau siarad.

'Reit! Mae gyda ni gêm fawr 'fory, ac mae eisie i ni ymarfer. Sai'n moyn i neb bwdu, bod yn anghwrtais na gwneud unrhyw beth dwl. Bydd e'n grêt os enillwn ni, ond dyw'r ennill ddim yn hollbwysig, nad yw e?'

'Ond bydden ni wedi treulio'r holl amser yma'n

ymarfer i ddim byd, wedyn,' torrodd Liam ar ei draws yn anghwrtais.

'Na! Ni'n mynd yna i ddangos iddyn nhw pwy 'yn ni, fel tîm sy'n cydweithio, nid fel unigolion! Cynrychioli CRYTS â balchder sy'n bwysig. Clwb Rygbi Ysgol Teifi Sant 'yn ni, pob un ohonon ni gyda'n gilydd. Fel wedes i, bydd e'n grêt os enillwn ni, a bydd e'n dangos ein bod ni'n ymarfer yn dda. Ond os gollwn ni, fyddwn ni'n gwbod wedyn ble fydd angen gwella. Liam, ti'n chwarae i CRYTS nawr, nid i dîm Liam, ti'n deall?'

'Ocê, ocê!' atebodd Liam braidd yn haerllug. Ni chymerodd Mr Hughes sylw o agwedd Liam, dim ond lansio'n frwd i mewn i bregeth arall.

'Nawr 'te,' meddai Mr Hughes. 'Mae pob un ohonoch wedi clywed am Gareth Edwards. Pan oeddwn i'n grwt es i ar gwrs rygbi ac roedd y dyn mawr ei hun yno i'n hyfforddi. Ac er na wnes i ddod yn chwaraewr rygbi enwog mae'r cyngor call gefes i ganddo wedi bod yn gymorth mawr i mi dros y blynyddoedd.'

Rhoddodd lungopi o dystysgrif yn nwylo pob un o'r bechgyn. Yn hytrach na griddfan, fel y byddai nifer ohonynt yn ei wneud pan fo athro'n mynd ar daith sentimental i'w blentyndod, darllenodd pob un ohonynt y copi o'r dystysgrif yn ddistaw.

Roedd rhywbeth mor ddiffuant yn llais Mr Hughes

fel na feiddiai'r un ohonynt beidio dangos parch ato,
yn enwedig pan darllenodd y geiriau'n uchel:

'*I Raymond,*

Am fod yn frwdfrydig, dewr a phenderfynol, a pharchu'r
chwaraewyr eraill bob amser.

Pob hwyl,

Gareth Edwards.'

Daeth lwmp i wddf Dylan wrth feddwl am ei arwr
Gareth Edwards, a doedd dim syndod fod y geiriau
wedi ysbrydoli Hughsie. A chyn i'r un ohonynt gael
cyfle i'w holi ynglŷn â'r arwr, cyfarthodd yr athro,
'Reit, dewch 'te! Pawb mas i'r cae.'

Aeth pawb i'w safleoedd, ac eisteddodd Iwan ar y
fainc. Teimlodd Dylan braidd yn euog wrth edrych
arno, ond doedd Iwan ddim i'w weld yn poeni
gymaint â hynny. Ond ni allai Dylan beidio â
theimlo ychydig yn anniddig chwaith.

'Dylan! Cer at dy dîm!'

Dychrynodd am ei fywyd pan waeddodd Mr
Hughes. O na! Roedd wedi drysu'n llwyr am funud
a doedd e ddim yn gwybod i ba ochr o'r cae roedd e
i fod i fynd!'

'Ble dwi fod i fynd eto?' gofynnodd yn llipa.

'Dylan bach! Draw fan hyn at Hywel. Am yr
ymarfer hwn, Hywel fydd capten un tîm a . . . Huw,
wnei di fod yn gapten ar y tîm arall?'

'Siŵr! Popeth yn iawn.'

'Pam fod raid i fi gael ti yn fy nhîm i, Dylan Dymi?' cwynodd Hywel.

Anwybyddodd Dylan fwlio Hywel. Chwythodd Mr Hughes y chwiban ac i ffwrdd â nhw!

Rhedodd Liam i daclo Hywel, ond methodd.

'Coese, Liam bach, coese!' galwodd Mr Hughes.

Aeth un o dîm Huw am gais, ac roedd tîm Hywel mewn un llinell hir yn ceisio ei daclo.

'Taclwch!' daeth bloedd yr athro eto.

Wedi sgorio'r cais, chwythodd Mr Hughes y chwiban ac aeth pawb draw ato a'i amgylchynu.

'Reit, eich man gwan chi yw'r taclo! Am y coese, fechgyn! Allwch chi byth â'u cael nhw lawr oni bai eich bod chi'n mynd am y coese! Hanner awr arall o ganolbwyntio'n llwyr nawr. Dewch!'

Wrth ailddechrau, gofynnodd Mr Hughes i Dylan newid i fod yn nhîm Huw i amrywio pethau eto, ond doedd e ddim yn teimlo'n saff iawn yn nhîm Huw, oherwydd gwyddai y byddai Hywel yn bendant yn ceisio'i daclo'n galed, er mai mewn ymarfer roedden nhw.

Roeddent yn ceisio cofio'r sgiliau i gyd yn yr ymarfer olaf hwn, ac am wneud rhywbeth i ddal llygad Mr Hughes ar y funud olaf. Ychydig wedi'r ailgychwyn, aeth Dylan fel cyllell drwy fenyn drwy daclo gwan y gwrthwynebwyr ac anelodd am gais. Ond gyda dim ond pum metr i fynd, gwelodd gorff mawr Hywel, a'i ysgwyddau llydan yn anelu tuag ato. O na! meddyliodd.

Ceisiodd redeg ac ochrgamu at y llinell gais, ond roedd yn rhy hwyr. Bwriodd Hywel ei ysgwydd dde i mewn i fraich Dylan. Cwympodd ar y llawr. Llithrodd ymlaen a chrafu ei fraich ar dun Coke. Roedd gwaed yn llifo allan o'r clwyf cas yn syth. Teimlodd Dylan boen annaearol, a bu ond y dim iddo weiddi mewn poen. Ond roedd yn benderfynol o beidio â gadael i Hywel wybod ei fod mewn poen go iawn.

Gwyddai Dylan fod Hywel wedi gwneud hyn fel bod Iwan yn gallu chwarae yn ei le. Casglodd torf o fechgyn o'i amgylch. Rhuthrodd Mr Hughes ato.

'Dylan! Wyt ti'n iawn? Sut mae dy fraich?' gofynnodd yn bryderus.

'Dwi'n iawn. Dim ond ychydig o waed, dyna i gyd.'

Trodd yr athro at Mr Rees, athro wedi ymddeol a oedd wastad yn helpu gyda'r hyfforddi. 'Mr Rees, fyddech chi'n fodlon rhoi sylw i anaf Dylan yn y stafelloedd newid? Af i ffonio'i fam i ddod i'w nôl.'

'Na! Mae'n iawn! Pa werth fydda i yfory heb ymarfer?'

'Bydd dim raid i ti chwarae yfory, Dyl. Geiff Iwan chwarae yn dy le. Fydd popeth yn iawn,' meddai Hywel.

'O! Na! Mae'n iawn! Wir!' atebodd Dylan yn gyflym, cyn codi mwy o amheuon.

'Wel! Gewn ni weld sut fyddi di'n teimlo yfory. Iawn?'

Aeth Dylan i mewn i'r ystafell newid a chafodd rwymyn ar ei fraich. Gwelodd Hywel yn cael stŵr ofnadwy gan Mr Hughes am beidio â bod yn fwy gofalus. Gest ti dy haeddiant, Hywel, meddyliodd Dylan.

Er gwaethaf y poen a saethai drwy fraich Dylan, fe benderfynodd ddal ati gyda'r ymarfer ac fe gafodd gefnogaeth Mr Rees. Yn wir, os rhywbeth, chwaraeodd yn well ac fe sgoriodd ddau gais gwych cyn diwedd y sesiwn hyfforddi.

Er bod Dylan yn taeru ei fod yn iawn, mynnodd Mr Hughes ffonio'i fam. Daeth hi'n syth yn ei char a gweld ei mab yn sgorio'r cais olaf a gwên lydan yn ymledu o glust i glust wrth iddo godi. Gallai weld yn amlwg cymaint oedd rygbi'n ei olygu i'w mab.

Tra oedd yn cerdded gyda'i fam tuag at y car ar ôl gorffen ymarfer, gwaeddodd Mr Hughes ar Dylan.

'Dylan! Dylan! Geiriau Gareth Edwards – maen nhw'n bwysig, cofia! Wela i di fory.'

Teimlodd Dylan yn falch iawn ac fe gododd ei ysbryd yn llwyr. Bu bron iddo anghofio am ei fraich boenus.

Y noson honno, cafodd fàth cynnes a gwely cynnar. Wrth orwedd yn ei wely, cofiodd yr hyn ddywedodd Mr Hughes. Wela i di fory. Roedd hynny'n siŵr o olygu fod Mr Hughes am ei ddewis i chwarae ar Barc y Strade fory. Darllenodd ei gopi o eiriau Gareth Edwards a gadwai ar y cwpwrdd bach ger ei wely i godi ei galon cyn mynd i gysgu.

Deffrodd yn gynnar fore drannoeth. Gwisgodd ei wisg rygbi glân a bwyta ei hoff frecwast, Weetabix a llaeth cynnes a digonedd o siwgr melys. Roedd y boen yn ei fraich bron â mynd, ond gwnaeth yn siŵr fod digon o hylif i leddfu'r boen yn ei fag. Casglwyd Dylan ar y ffordd gan deulu Huw. Wedi cyrraedd Parc y Strade, aeth y ddau fachgen i'r ystafelloedd newid yn llawn balchder.

'Waw! Meddylia! Mae Scott Quinnell, Ieuan Evans, Stephen Jones a'r holl chwaraewyr wedi bod fan hyn!' meddai Huw. Cerddodd Hywel ac Iwan i mewn, a chamu'n syth i gyfeiriad Huw a Dylan.

'Pam wyt *ti* yn dy git?' gofynnodd Hywel i Dylan yn wawdlyd.

'Yr un rheswm â ti a phawb arall,' atebodd Dylan mewn penbleth.

'Wyt ti'n meddwl dy fod ti'n chwarae, wyt ti?'

'Beth?'

'Smo Hughsie'n mynd i ddewis maswr 'da braich fel'na!' gwawdiodd Hywel.

'Fi *yn* chwarae!' gwaeddodd Dylan yn wyllt gacwn.

'Na! Iwan fydd yn chware heddi, gw'boi!' oedd sylw olaf Hywel cyn i Mr Hughes gerdded i mewn.

Rhuthrodd Dylan yn syth at yr athro. 'Mae 'mraich i'n well o lawer, Mr Hughes. Fydda i'n iawn i chware, syr!'

Cafodd Dylan gip ar Hywel. Roedd hwnnw'n wên o glust i glust.

Roedd Dylan yn fwy penderfynol fyth i beidio colli'r cyfle i chwarae ar y Strade.

'Mae'n rhaid i chi adael iddo fe chwarae, syr. Mae e wedi bod yn wych yn yr ymarferion,' meddai Huw.

Meddyliodd Mr Hughes yn ddwys iawn am y peth am funud.

'Gad i mi weld y fraich 'na,' meddai. Edrychodd yn ofalus ar yr anaf. 'Ti'n iawn. Mae'n llawer gwell. Ydy, yn well o lawer.'

'Ga i chware 'te, Mr Hughes?'

'Y . . . Cei. Ond cyn i ti ddechre neidio lan a lawr, os bydda i'n meddwl dy fod yn mynd i wneud mwy o niwed i ti dy hunan, fe fydda i'n dy dynnu di bant yn syth. Iawn?'

Wrth i Dylan gytuno trodd i edrych dros ei ysgwydd a sylwi ar y siom ar wyneb Iwan. Teimlodd drueni drosto, ond wedi gweld wyneb milain Hywel, newidiodd ei feddwl.

'Diolch, syr. Wna i ddim eich siomi.'

'Iawn! Pawb yma?'

Galwodd yr enwau, ac yna cafodd air gyda'r bechgyn. Pwysleisiodd yr un peth eto. 'Nawr, ewch mas ar y cae i fwynhau chwarae rygbi, dim ots beth sy'n digwydd, chwaraewch ymlaen.'

Rhedodd pawb ar y cae yn benderfynol o fwynhau a llwyddo. Chwythodd chwiban y dyfarnwr, a dechreuodd y dorf weiddi. Ar ôl y deng munud cyntaf, y sgôr oedd 7-3 i'r gwrthwynebwyr ond llwyddodd Huw gyda gôl adlam. Chwarter awr yn ddiweddarach, roedd hi'n 10-3, ac roedd y bwlch yn agor.

Bu bron i Dylan greu cais ar ôl hanner awr, ond aeth ei bàs ymlaen yn ôl y dyfarnwr, er ei bod yn agos iawn!

'Ychydig funudau cyn hanner amser, diolch byth,' meddyliodd Dylan. Roedd wedi rhedeg cymaint fel ei fod yn brin o wynt. Ond cyn iddo gael amser i synfyfyrio mwy, gwelodd y bêl yn hedfan tuag ato. Y tro hwn, penderfynodd Dylan fynd am y llinell gais ei hun. Cyrhaeddodd o fewn dwy fetr cyn i fachgen anferth o'r tîm arall ei fwrw i'r llawr. Ffurfiwyd sgarmes, ac wrth i'r blaenwyr hyrddio drosto i geisio sicrhau meddiant, fe safodd rhywun ar ei fraich boenus. Chwythodd y dyfarnwr ei chwiban yn syth. Gwyddai fod y bachgen ar lawr yn gwingo mewn

poen. Ni allai Dylan symud am funud cymaint oedd
y boen.

Ond doedd e ddim am roi'r gorau iddi, oherwydd
gwyddai na fyddai taw ar gega Hywel wedyn.
Cofiodd am eiriau Gareth Edwards, '. . . a pharchu
chwaraewyr eraill . . .' Yna cofiodd eiriau Mr
Hughes, 'R'ych chi'n cynrychioli CRYTS fel tîm, nid
unigolion . . .' Roedd yn benderfynol o godi ar ei
draed a geiriau olaf Mr Hughes yn atsain yn ei
feddwl. 'S'dim ots beth ddigwyddith, chwaraewch
ymlaen.'

Ceisiodd redeg yn ôl i'w le, ond gallai pawb weld
y dagrau o boen yn rhedeg i lawr ei fochau.

'Dylan, mae'n rhaid i ti ddod oddi ar y cae! Mae'n
rhy beryglus i dy adael di i chwarae yn y cyflwr
yna!' gwaeddodd Mr Hughes o'r ochr.

'Na . . . mae'n rhaid chwarae ymlaen,' atebodd
Dylan yn styfnig.

'Dylan!' erfyniodd yr athro eto. 'Dere nawr! Mae'n
rhaid i ti ddod bant!'

Edrychodd Dylan draw at ei hyfforddwr.
Gwyddai yn ei galon beth oedd yn rhaid iddo
wneud, er fod y penderfyniad hwnnw yn fwy
poenus na'r fraich.

'Ac mae Dylan Evans, maswr CRYTS, yn dod i
ffwrdd,' meddai'r dyn ar yr uchelseinydd. 'Iwan
Tomos yw'r eilydd.'

Rhedodd Iwan ar y cae ac fe wnaeth ei farc yn syth. Eiliadau'n unig cyn hanner amser roedd wedi llwyddo i sgorio cais a'i drosi. Roedd hi'n gyfartal.

Chwythodd y chwiban unwaith yn rhagor, ac aeth pawb yn syth i weld sut oedd Dylan.

'Dwi'n iawn, fechgyn. Wir i chi. Ewch yn ôl ac enillwch y gêm, er mwyn popeth!'

A dyna a ddigwyddodd. Ar ddiwedd y gêm, roedd hi'n 27-20 i CRYTS ac fe ddechreuodd y dathlu'n syth. Ac roedd y tîm yn haeddu dathlu hefyd a phawb, yn enwedig Mr Hughes, yn falch iawn gyda'r perfformiad.

Ond synfyfyrio'n dawel wnaeth Dylan. Oni bai fod Iwan wedi dod ar y cae, bydden ni wedi colli heddiw, meddyliodd. Aeth draw at Iwan, i siarad gydag ef.

'Wnest di achub y dydd i ni heddi, Iwan.'

'Na! Lwc oedd e i gyd,' atebodd Iwan braidd yn swil.

'Na. Roeddet ti'n ffantastig. 'Tase Gareth Edwards yma bydde fe'n rhoi tystysgrif i ti! Ti oedd y *Man of the Match*, Iwan,' mynnodd Dylan.

Synnodd Dylan weld golwg euog yn tywyllu wyneb Iwan. Roedd rhywbeth yn ei boeni.

''Drych! Ti'n gwbod y ryc yna lle cest ti dy frifo? Weles i beth ddigwyddodd.'

'Am beth wyt ti'n siarad, Iwan?' holodd Dylan.

'Smo geirie Gareth Edwards yn golygu llawer i rai, Dylan,' sibrydodd Iwan. 'Nid i Hywel 'ta beth. Fe oedd yr un ddamsgynodd ar dy fraich di. Weles i e'n gwneud!'

Roedd Dylan yn fud. Doedd e ddim yn gwybod beth i'w ddweud.

Ar hynny, dyma Hywel yn cerdded heibio.

'Swot!' meddai'n gas wrth Iwan.

'Beth?' gofynnodd Iwan, hwnnw hefyd wedi drysu erbyn hyn.

'*Man of the Match* wir! Dim ond hanner gêm chwaraeest ti.'

'Nid fy mai i oedd hyn'na,' atebodd Iwan yn siarp.

'Cau hi! A cer i nôl diod i fi!'

'Na! Pam ddylen i?'

'Gwna fel fi'n gweud 'tho ti – neu . . .'

'Neu be, Hywel?' atebodd Iwan gan sefyll ei dir. Syfrdanwyd pawb wrth glywed Iwan yn codi ei lais at Hywel. Dechreuodd pawb gasglu o gwmpas y ddau.

'Bwli wyt ti, Hywel.'

'Wel, o leia ro'n i'n ddigon da i gadw fy safle; do'n *i* ddim yn eilydd.'

Gwylltiodd Iwan yn gacwn!

'Roedd Dylan yn haeddu ei gyfle,' gwaeddodd

Iwan gan daflu dwrn at wyneb Hywel. Ond ni laniodd yr ergyd; roedd Dylan wedi gwthio Hywel o'r ffordd nes ei fod yn ei hyd ar y llawr. Safodd Dylan uwch ei ben, yna plygodd i sibrwd yn ei glust. 'Mae Iwan a finne'n gwbod beth wnest ti i fi, y cachgi! Paid gwneud e byth eto.'

Eiliadau cyn i Mr Hughes ddod i mewn i'r ystafell cododd Hywel yn llwyd ac yn simsan ac aeth i eistedd mewn cornel o olwg pawb.

'Reit, fechgyn! Llun!' meddai'r athro'n hapus gan godi camera i'w cyfeiriad.

'Bois bach!' chwarddodd. 'Bydde Gareth Edwards wedi canmol sawl un ohonoch chi. Bydde wir!'

Wedi cyrraedd adref o'r ysbyty a'i fraich mewn sling y diwrnod canlynol, cododd Dylan y papur newydd lleol.

''Drych, Mam! Llun o'r tîm!'

Ar dudalen flaen y papur newydd roedd llun o dîm CRYTS yn dal tarian. Roedd pawb yn gwenu'n braf . . . Wel pawb heblaw am Hywel! Sylwodd ei fam fod Iwan a Dylan yn sefyll yn ymyl ei gilydd, a llaw y naill ar ysgwydd y llall.

Dai Dom Da

Hefin Jones

Roedd Dafydd Jones wedi penderfynu bod yn reffarî rygbi – yn ddyfarnwr – a doedd dim troi'n ôl arno. Doedd dim ots ganddo beth ddywedai ei deulu a'i ffrindiau. Ond *dyfarnu* o bob dim!

Roedd Dafydd wedi dwlu ar rygbi er pan oedd yn blentyn bach ac roedd rhoi'r gorau i chwarae mor gynnar wedi torri ei galon.

'Beth am droi dy law at hyfforddi, Dafydd?' oedd awgrym ei dad. Ond na, doedd hyfforddi chwaraewyr eraill erioed wedi apelio ato. Dyfarnu oedd yr unig ddewis oedd ar ôl iddo.

Fel pob bachgen bach yng Nghwm-mawr, breuddwydiai Dafydd am gael gwisgo crys glas llachar y pentref ryw ddiwrnod. Daeth ei freuddwyd yn wir pan oedd ond yn ddeunaw oed ac fe ddatblygodd i fod yn un o ganolwyr gorau'r ardal bryd hynny. Doedd dim yn well ganddo na'i hyrddio'i hunan at y gwrthwynebwyr fel tarw mewn gornest yn erbyn matador, ei wallt coch, cyrliog yn chwifio'r tu ôl iddo fel tân o geg draig. Bryd hynny, roedd llawer o'i ffrindiau ysgol yn yr un tîm ag ef. Joni Bach oedd y bachwr, Bili Bwch yn brop, Dan Dafis yn flaenasgellwr, Bryn Bwtshwr yn fewnwr a Huwi'r Gof oedd un o'r asgellwyr cyflymaf i Gwm-mawr weld erioed.

Mewn gêm galed a mileinig ar adegau y daeth tro ar fyd i Dafydd. Derbyniodd dacl uchel iawn gan un o'i wrthwynebwyr. Lloriwyd ef ar ei hyd ar lawr. Cafodd ei gario oddi ar y cae ar stretsher i ambiwlans, a'i gludo ar gyflymder mawr i Ysbyty Glangwili.

Yn ffodus, dim ond wedi ei gleisio'n ddrwg oedd Dafydd, ond bob tro y câi ei daclo'n galed wedi hynny, byddai'n diodde'n enbyd am ddiwrnodau. Oherwydd hynny, penderfynodd roi'r gorau i chwarae, ac yntau ond yn un ar hugain mlwydd oed.

Teimlodd Dafydd y golled yn syth o beidio â gallu chwarae rygbi. Roedd ei Sadyrnau'n wag, a doedd e ddim yn cael yr un wefr o wylio gêm o'r ochr, hyd yn oed pan oedd ei ffrindiau gorau'n chwarae. Roedd peidio â bod mas yng nghanol pethau yn dân ar ei groen.

Fe gododd y syniad o ddyfarnu yn ddisymwth un prynhawn dydd Sadwrn. Penderfynodd pawb wylio gêm Cymru yn erbyn Lloegr ar y teledu yn nhŷ Joni Bach. Roedd y criw i gyd yno, Dafydd, Bili Bwch, Dan Dafis, Bryn Bwtshwr, Huwi'r Gof a Joni Bach, a phawb yn disgwyl ymlaen yn eiddgar at gêm gystadleuol, gyffrous.

Ac felly y bu am bron i awr o chwarae. Ond yng nghanol y cyffro, fe drodd y gêm yn erbyn Cymru ar benderfyniad dadleuol gan y dyfarnwr. Yn ôl ef, roedd Cymru wedi troseddu mewn sgrym ar hanner ffordd. Fe gymrodd mewnwr Lloegr y gic gosb yn gyflym a rhedeg heibio i amddiffynwyr llonydd Cymru a sgorio dan y pyst. Fe ddadleuodd chwaraewyr Cymru'n danbaid fod cymryd cic gyflym o drosedd mewn sgrym yn erbyn y rheolau, ond doedd y dyfarnwr ddim yn gwrando. Yn goron ar y cyfan fe ddangoswyd carden felen i faswr dawnus Cymru ac fe gafodd ei ddanfon i'r gell callio am ddeng munud. Yn ystod y deng munud hwnnw, sgoriodd Lloegr gais a chiciwyd dwy gic adlam i ennill y gêm yn hawdd.

Er bod chwaraewyr Cymru'n gynddeiriog ar ddiwedd y gêm, doedd hynny'n ddim byd i ymateb y bechgyn yn nhŷ Joni Bach. Clywyd pawb yn bytheirio, pob un yn ei dro,

'Y ffŵl gwirion,' 'Y twpsyn hurt,' 'Y diawl bach,' 'Y cafflwr,' 'Y mochyn di-egwyddor'. A dyna'r unig sylwadau sy'n saff eu rhoi mewn print. Clywyd mwy, llawer mwy!

O'r funud honno, fe benderfynodd Dafydd ei fod

yn mynd i droi ei law at ddyfarnu. Teimlai ym mêr ei esgyrn y gallai wneud yn well na'r hyn a welai o Sadwrn i Sadwrn; roedd ei waith fel cyfrifydd yn golygu bod angen meddwl clir a gwneud penderfyniadau anodd yn gyflym.

Drannoeth y gêm, ysgrifennodd at Undeb Rygbi Cymru yn gofyn am fanylion y cyrsiau hyfforddi oedd ar gael. Erbyn iddo ddweud wrth ei deulu a'i ffrindiau, roedd wedi llenwi'r ffurflenni perthnasol ac wedi cael ei dderbyn ar gwrs hyfforddi penwythnos yng Nghaerdydd ar ddiwedd y mis.

Ymateb cymysg a gafodd ei syniad:

'Wyt ti'n siŵr dy fod ti'n neud y peth iawn nawr, bach?' gofynnodd ei fam.

'Mae bywyd dyfarnwr yn gallu bod yn unig iawn, cofia,' oedd pryder ei dad.

'Ti ddim yn gall, gŵd boi,' oedd ymateb Joni Bach. 'Meddylia beth fydd pobol yn dy alw di!'

'Ti off dy ben yn llwyr,' oedd sylw Huwi'r Gof. 'Er mwyn y mawredd, paid gwneud e!'

Roedd y cyfnod hyfforddi'n galed. Nid yn unig roedd yn rhaid i Dafydd fod yn feistr corn ar reolau niferus a chymhleth y gêm, ond roedd yn rhaid iddo hefyd ddysgu sut i achub bywyd mewn cyrsiau cymorth cyntaf a datblygu hyder i ddelio â sefyllfaoedd mewn ffordd synhwyrol a theg.

Wedi misoedd o hyfforddi manwl a chymryd gofal

o nifer o gêmau ysgolion lleol, fe gafodd Dafydd ei dystysgrif gydag anrhydedd. Roedd yn barod i gael ei roi ar brawf am flwyddyn ac roedd yn falch iawn ei fod wedi dal ati.

Dechreuodd gyrfa ddyfarnu Dafydd yn wych. Pasiodd y profion ysgrifenedig yn hawdd ac roedd sawl un yn meddwl fod ganddo botensial i ddyfarnu yn uwch-adran Cymru. Roedd rhai'n fodlon mentro fod ganddo ddigon o allu i fod yn ddyfarnwr rhyngwladol ryw ddiwrnod.

Beth bynnag, roedd breuddwydion felly ymhell iawn o feddwl Dafydd pan gafodd alwad ffôn i fynd i ddyfarnu gêm yng Nghynghrair y Merched dros benwythnos y Pasg. Roedd hyn yn dipyn o sioc i Dafydd. Doedd e ddim hyd yn oed wedi meddwl mynd i weld gêm rhwng merched o'r blaen heb sôn am orfod dyfarnu mewn gêm o'r fath.

Ar ôl diffodd ei ffôn, dechreuodd Dafydd feddwl tybed ai jôc neu ryw dric brwnt gan Joni Bach neu Huwi'r Gof oedd y cyfan. Ond na, dywedodd swyddog lleol yr undeb fod y trefniadau i gyd yn rhai swyddogol.

Ar ddydd Sul y byddai'r merched yn chwarae eu gêmau fel arfer, ond cafodd wybod fod newid yn y trefniadau gan nad oedd neb am chwarae ar ddydd Sul y Pasg. Penderfynwyd chwarae'r gêm ar ddydd Gwener y Groglith yn lle hynny.

Roedd yn hoffi trefnu pob dim i'r eithaf. Paciodd ei sgidiau a thri chrys o liwiau gwahanol, rhag ofn y byddai un o'r timau'n newid lliw eu cit heb ei rybuddio. Gwyddai fod ei siorts a'i sanau'n lân a gan fod ei chwiban ar fachyn ei allweddi car, doedd dim posib iddo adael y teclyn hanfodol hwnnw yn y tŷ.

Wrth yrru at y maes, sylwodd Dafydd ar y tywydd bendigedig. Yr awyr yn las, y cymylau gwyn yn uchel a'r haul yn tywynnu'n braf ar draws y maes oedd newydd gael ei dorri'n fyr. Perffaith. Mae heddi'n mynd i fod yn ddiwrnod da, meddyliodd Dafydd.

Fel arfer, cyrhaeddodd y maes chwarae ryw awr cyn y gêm. Roedd wrth ei fodd pan welodd nad oedd ystafell y dyfarnwr yn rhy agos i ystafelloedd newid y timau oedd ar fin chwarae. Roedd yn hoffi cael llonydd a thawelwch i baratoi'n feddyliol cyn pob gêm. Roedd wedi dechrau matryd ei ddillad pan glywodd y ddau dîm yn cyrraedd. Clustfeiniodd ar y lleisiau a daeth yn amlwg iddo o sgyrsiau cyffrous y chwaraewyr fod hon yn gêm bwysig iawn i'r ddau dîm.

A hithau bron â bod yn ddiwedd tymor, y gêm hon oedd yn mynd i benderfynu'r bencampwriaeth. Dechreuodd calon Dafydd gyflymu. Dyna'n union beth oedd e am ei glywed. Doedd dim yn waeth ganddo na bod yn rhan o gêm ddiwerth, boed hynny fel chwaraewr neu nawr fel dyfarnwr.

Wedi gorffen gwisgo aeth i siarad â chapteniaid y ddau dîm yn ôl ei arfer. Curodd y drws ar ei ochr dde yn gyntaf, gan ddweud yn awdurdodol,

'Dafydd Jones ydw i. Eich dyfarnwr heddiw. Ga i air â'r capten os gwelwch yn dda?'

Bu bron i Dafydd gael haint pan welodd pwy oedd yn sefyll o'i flaen.

'Wel! Wel! Dafydd Six-a-side. Shwt mae'n ceibo?'

Bu Dafydd mor wirion â gofyn unwaith yn yr ysgol sawl chwaraewr oedd mewn tîm pêl-droed chwech-bob-ochor, a Dafydd Six-a-side bu ef am flynyddoedd wedyn gan ei gyfoedion. Roedd wedi ceisio'i orau glas i anghofio am y llysenw hwnnw o'r dechrau, ac roedd wedi llwyddo i raddau helaeth gyda'i ffrindiau, tan nawr.

Tan i Nia Fach ymddangos fel capten tîm Bryneithin, hynny yw. Beth yn y byd oedd hon yn gwneud yn chwarae rygbi? Cof Dafydd amdani oedd ei bod yn ceisio gwneud unrhyw beth i osgoi ymarfer corff yn yr ysgol.

'Hei, ferched! Hync go iawn yn dyfarnu heddi. O'n i a Melinda yn yr un ysgol ag e.'

Os oedd Dafydd ar fin llewygu pan welodd Nia, bu bron iddo gael trawiad ar ei galon pan welodd Melinda'n ymddangos o'r tu ôl i'r drws caeedig.

Roedd Dafydd a Melinda'n arfer bod yn gariadon yn yr ysgol a gwyddai Dafydd yn syth y byddai honno'n tynnu arno, yn union fel y byddai'n gwneud yr holl flynyddoedd yn ôl.

'S'dim ishe poeni heddi, ferched. Hen gariad i fi yw hwn,' meddai gan droi at ei thîm a gwenu fel gât. 'Gewn ni ddigon o ffafre gan hwn, sdim dowt,' meddai eto gan wincio'n bryfoclyd at Dafydd, ac ychwanegu, 'Yn cawn ni, cariad bach?'

Teimlodd Dafydd ei fochau'n troi yn goch fflam. Pam fi, meddyliodd. Pam gytunes i i ddyfarnu'r gêm hon?

Bachgen swil a lletchwith yng nghwmni merched y bu Dafydd erioed. Ond gwyddai'n iawn nad oedd posib iddo droi cefn ar y gêm hon nawr. Byddai'n rhaid iddo fod yn hollol broffesiynol.

Wrth iddo geisio casglu ei feddyliau ynghyd, daeth capten tîm y Bannau i'r golwg. Roedden nhw wedi clywed yr holl leisiau ac am weld beth oedd achos yr holl gythrwfl. Wrth iddi gamu allan o'r ystafell gwelodd Melinda'n chwythu clamp o gusan at Dafydd a rhoi winc awgrymog iddo.

Er mawr embaras iddo, bu'n rhaid i Dafydd esbonio'r sefyllfa er mwyn tawelu ofnau capten y Bannau na fyddai'n dangos unrhyw ffafriaeth i dîm Bryneithin.

I newid y sgwrs yn gyflym, aeth Dafydd drwy'r rheolau gan bwysleisio beth oedd e'n ei ddisgwyl fel dyfarnwr. Wrth wneud hynny, llwyddodd i reoli ychydig ar ei anadlu a'i nerfau a dechreuodd deimlo'n well.

Ond wrth iddo redeg allan ar y cae bum munud yn ddiweddarach fe deimlai ei goesau'n ysgwyd fel jeli o hyd, a sylweddolodd y byddai canolbwyntio ar y gêm yn waith anodd iawn iddo. Sylwodd fod ei feddwl yn crwydro'n ôl i'w fywyd ysgol o hyd ac o hyd . . . ac at Melinda'n arbennig.

Dechreuodd y ddau dîm ar dân, ac mewn gêm fywiog a chlòs y dyfarnu oedd waethaf. Yn groes i'w ddyfarnu arferol, gadawodd Dafydd i'w chwiban reoli ac erbyn diwedd yr hanner cyntaf roedd y gêm wedi dirywio i fod yn ddim mwy na sgrym ar ôl sgrym ar ôl sgrym. Pan chwythodd ei chwiban i ddod â'r deugain munud agoriadol i ben, fe anadlodd pawb ochenaid o ryddhad.

'Beth yffach sy'n bod arnat ti?' gwaeddodd Nia ato wrth i Dafydd gymryd tracht o ddŵr.

'Sai'n siŵr,' atebodd yn llipa. 'Annwyd falle. Sori.'

'Hy! Sori wir. Wyt ti'n sylweddoli pa mor bwysig yw'r gêm 'ma?' ychwanegodd gan edrych arno fel pe bai'n ddim mwy na baw ci.

Daeth Melinda draw ato a chynnig sylwadau oedd

ychydig yn fwy caredig, 'Beth am ddyfarnu mwy yn ysbryd y gêm, Dafydd bach. Gad i bethau lifo ychydig yn fwy.'

Sylwodd Dafydd fod merched tîm y Bannau i gyd yn edrych draw arnynt yn amlwg yn poeni fod rhyw gynllwyn ar y gweill, felly ychwanegodd Dafydd yn gyflym, 'Iawn, diolch am y sgwrs. Bydd llai o chwiban yn yr ail hanner. Dwi'n addo. Nawr cewch o'ma, glou.'

Fe wellodd pethau'n ddirfawr yn yr ail hanner. Roedd Dafydd yn llai llym gyda'i benderfyniadau, ac fe adawodd un neu ddau o bethau llai amlwg rhag cael eu cosbi. Oherwydd hynny, roedd y gêm yn fwy diddorol o lawer i'r cefnogwyr a doedd y chwaraewyr ddim yn cwyno bellach chwaith, gan fod mwy o gyfle iddynt ddangos eu doniau.

Erbyn hyn, roedd y gêm yn llifo a'r ddau dîm yn taflu'r bêl allan at yr asgellwyr a chafwyd tri chais gwych yr un. Roedd hynny'n golygu fod pethau'n dal yn dynn iawn gydag ychydig funudau ar ôl. Ond er gwaethaf cyffro'r chwarae, dal i grwydro wnâi meddwl Dafydd.

A'u trwynau ar y blaen o drwch blewyn, penderfynodd Nia Fach newid tactegau tîm Bryneithin.

'Bron yna, ferched. Fe gadwn ni'r bêl yn y blaenwyr am ychydig nawr a wedyn fe rown ni'r bêl i Sara. Sara, cicia di'r bêl mor bell ag y galli di i'w hanner nhw o'r cae. Iawn, ferched?'

Gweithiodd popeth i'r dim. Gosododd y blaenwyr y bêl ar y llawr yn daclus ddwy neu dair o weithiau, ac ar ôl ychydig o'r chwarae nerthol hyn, pasiodd Nia Fach y bêl i Sara ac fe darodd hithau gic anferthol. Glaniodd y bêl yn ddiogel dros yr ystlys ar linell dwy ar hugain y Bannau.

Roedd ganddyn nhw, felly, dri chwarter hyd y cae i fynd cyn sgorio ac roedd Dafydd wedi rhybuddio nad oedd dim mwy o chwarae ar ôl y lein hon. Y tro nesaf y byddai'r bêl yn farw, dyna fyddai diwedd y gêm.

O'r lein honno, sicrhaodd y Bannau'r meddiant, ac mewn dim o dro roeddent wedi llwyddo i fynd dros y llinell fantais ar sawl achlysur. Roedd rhybudd Dafydd wedi eu sbarduno nhw ac roedden nhw'n benderfynol o roi un cynnig arall ar ennill y gêm eu hunain.

Wrth symud ymlaen o ryc i ryc fel hyn, fe ddaeth yn amlwg i bawb o gefnogwyr y Bannau fod amddiffynwyr Bryneithin wedi eu sugno i ochr dde'r cae a bod digonedd o le i ymosod i lawr yr ochr chwith.

'I'r chwith, i'r chwith!' gwaeddodd cefnogwyr y Bannau bron fel côr.

Clywodd mewnwr y Bannau y cyngor a sylwodd hithau ar y posibiliadau hefyd. Aeth fel cath ar dân am yr ochr agored. Taflodd ffug bàs i fynd heibio Nia Fach cyn pasio go iawn i un o'r canolwyr. A honno'n cadw un llygad ar Melinda'n dod fel bustach amdani i'w thaclo, fe adawodd y bêl i ddisgyn allan o'i dwylo.

Stopiodd Melinda a gweddill ei thîm yn stond gan ddisgwyl chwiban y dyfarnwr i ddynodi trosedd. Ond cadw llygad ar Melinda roedd Dafydd hefyd, yn hytrach na chanolbwyntio ar y gêm. Beth pe bai'n dal i fod yn gariad iddi . . . Oedd hi'n wejen i rywun, neu'n briod yn barod efallai? . . .

Yn lle sŵn chwiban clywyd sŵn cefnogwyr y Bannau'n dechrau bloeddio wrth iddyn nhw weld eu hasgellwraig yn codi'r bêl o'r llawr ac yn rhedeg fel y gwynt i sgorio o dan y pyst i ennill y gêm.

Ar ôl eiliad o dawelwch llethol, ffrwydrodd pob dim o gwmpas Dafydd. Os oedd e wedi synnu fod Nia Fach wedi troi at chwarae rygbi o gwbl, fe synnodd yn fwy fyth wrth glywed y fath iaith yn dod o'i cheg nawr.

'Y diawl twp. Beth wyt ti'n feddwl wyt ti'n neud? Llipryn oeddet ti yn yr ysgol a hen lipryn wyt ti o hyd,' meddai'n fygythiol.

Yn wir, fe ddechreuodd Dafydd boeni y byddai Nia Fach yn rhoi clewten iddo, cymaint oedd hi

wedi digio wrtho. Ar ben hynny, gallai weld
Melinda'n cerdded draw ato gan annog chwaraewyr
eraill y tîm i'w dilyn.

Wrth iddi gyrraedd Dafydd, dechreuodd hithau
weiddi arno. 'Fe welodd pawb fod honna wedi taro'r
bêl ymlaen. Wyt ti'n ddall, dwed? Oes angen sbectol
arnat ti? Mae'n amlwg fod angen sbectol arna i os
oeddwn i'n arfer dy ffansïo di!'

Roedd meddwl Dafydd ar chwâl. Wrth weld y
gynddaredd yn llygaid Melinda a gweddill merched
Bryneithin fe benderfynodd chwythu'r chwiban i
ddod â'r gêm i ben a'i heglu hi am yr ystafell newid!

Ond wrth anelu am ddrws ei ystafell, sylwodd fod
ei ffordd at yr hafan honno wedi ei rhwystro gan y
merched. Ac wrth eu gweld yn dod yn nes ac yn nes,
ac yn codi stêm yr un pryd, gwyrodd Dafydd i'w
hosgoi a rhedeg yn ddigon pell gydag ymyl y cae.

Roedd yr olygfa ryfedd hon yn un sydd yn siŵr o
aros am byth yng nghof pawb a'i gwelodd. Dyn
ifanc mewn gwisg dyfarnwr yn rhedeg am ei fywyd
rhag pymtheg o ferched cynddeiriog, bob un ohonyn
nhw'n ei feio am iddyn nhw golli'r gêm!

Yn anffodus i Dafydd, roedd gardd lysiau'n ffinio
ag ymyl y cae a ffermwr Carreg Eithin gerllaw
newydd ddod â llwyth o ddom yno'n barod ar gyfer
y garddwr brwd. Ac wrth i Dafydd daflu golwg dros
ei ysgwydd i sicrhau fod digon o olau rhyngddo ef

a'r merched – oedd yn dal i redeg ar ei ôl fel cŵn hela am waed cadno – do fe ddigwyddodd, fe lithrodd a syrthio yn ei hyd i ganol y dom! Sôn am lanast! Dafydd yn drewi, y garddwr yn rhythu mewn sioc a merched Bryneithin a'u cefnogwyr yn eu dyblau'n chwerthin, a'r dagrau'n powlio i lawr eu gruddiau.

Bu Dafydd yn ddewr iawn i ddal ati i ddyfarnu ar ôl y digwyddiad anffodus hwnnw, ac erbyn hyn mae ei yrfa yn ôl ar hyd y trywydd cywir.

Ond os llwyddodd Dafydd i gael gwared ar ei lysenw cyntaf, Dafydd Six-a-side, ar ôl ychydig flynyddoedd, bydd colli'r llysenw 'Dai Dom Da' lawer yn fwy anodd iddo! A dyw e byth wedi derbyn cynnig i ddyfarnu gêm rhwng merched byth oddi ar hynny!

Problem Pom

Greville James

'Gêm dda, Pom,' gwaeddodd Jason i gyfeiriad Arwel
ar ddiwedd gêm fuddugol arall i dîm ysgolion
Sydney. Os oedd un gair yn mynd dan ei groen,
'pom' oedd hwnnw – gair annifyr am Sais neu
Brydeiniwr – gair oedd wedi'i daflu ato bron mor
aml â phêl rygbi ers iddo gyrraedd Awstralia o
Lanaman dair blynedd yn ôl.

Ar y cyfan roedd Arwel yn hapus iawn yn
Awstralia. Roedd y tywydd poeth yn hyfryd, ei
ysgol yn dda a digon o gyfle i chwarae rygbi a
gwella'i gêm. Oedd, roedd ganddo ffrindiau yn
Sydney, ond neb i gymharu â rhai Glanaman.

'Ffantastig, Arwel bach,' meddai'i dad. 'Fyddi di'n
chwarae i Awstralia wap . . .'

'Cŵl hèd nawr, Dad,' rhybuddiodd Arwel, 'smo fi
wedi cael fy newis i fynd i'r treialon eto . . .'

'Rwy'n gallu dy weld di'n barod, gw'boi . . . yn dy
grys melyn Oz yn taranu at y Cymry,' chwarddodd
ei Dad.

* * *

'Arwel, dere lawr,' gwaeddodd ei fam. 'Mae pentwr o bost i ti bore 'ma!'

Roedd ei goesau fel jeli a'i stumog yn troi fel micsyr sment wrth iddo gerdded tuag at y bwrdd brecwast. Eisteddai ei dad yno a gwên nerfus wedi'i rhewi ar ei wyneb.

Crynai dwylo Arwel wrth iddo symud yr amlenni o law i law. Un o Goleg Meddygol Caerdydd a'r llall o Undeb Rygbi Ysgolion Awstralia.

'Agor un, Arwel bach,' llefodd ei dad, 'neu fydd dy fam a finnau wedi llewygu dan y straen!'

P'un gyntaf! P'un gyntaf! meddyliodd Arwel yn wyllt. Yna caeodd ei lygaid, symud yr amlenni sawl gwaith, a dewis yr un ar y top.

* * *

'Waw – wy'n cael mynd i Gaerdydd i hyfforddi i fod yn feddyg, os ga i'r graddau iawn yn fy arholiadau.'

'Ie, grêt . . .' atebodd ei dad yn wyllt. 'Ond beth am yr un rygbi . . .'

Rhwygodd Arwel yr amlen arall ar agor. 'Odw, Dad, wy wedi cael fy newis i fynd i dreial tîm Awstralia. Rhaid i fi fynd i gyfarfod nos Wener nesa.'

Clywai ei dad a'i fam yn ei longyfarch a'i ganmol ond roedd Arwel ei hun yn y niwl. Roedd eisoes wedi cael gwybod y câi fynd i Goleg Meddygol

Sydney . . . a nawr Caerdydd; Cymru . . . Awstralia . . . roedd ei ben yn troi.

Edrychai ei fam arno fel petai hi newydd ddarllen ei feddwl. 'Un cam ar y tro,' meddai'n ddistaw wrth ei mab. 'Paid â phoeni.'

Pan aeth Arwel i'r ysgol y diwrnod hwnnw roedd Mr Arthurs, ei athro ymarfer corff, eisoes wedi lledaenu'r newyddion da am Arwel. Erbyn iddo gyrraedd roedd degau o ddisgyblion yn ei gyfarch â chlap ar ei gefn a llongyfarchiadau.

'Rwyt ti wedi dod ag anrhydedd i'r ysgol,' meddai'r Prifathro. 'Pob lwc i ti.'

'Rwyt ti'n bendant yn haeddu lle yn y tîm, Arwel,' ychwanegodd Mr Arthurs yn frwd.

Er i'r rhan fwyaf o'r staff a'r plant ei drin fel seren drwy'r dydd, gwelai'n glir nad oedd pob un yn falch drosto. Ac roedd Guy Henderson yn un o'r rheiny. 'Hei, Pom, os gei di gêm yn erbyn Cymru, cofia chwarae fel *Aussie* ac nid fel Pom!'

* * *

'Dere 'mlaen, Arwel. Bydd yr awyren yma cyn i ni gyrraedd y maes awyr. Bydd dy Wncwl Jac ddim yn hapus os na fyddwn ni yna i'w gwrdd.'

Roedd Arwel yn edrych 'mlaen at gwrdd ag Wncwl Jac ac Anti May unwaith eto. Doedd dim plant ganddyn nhw ac roedd Arwel wedi teimlo erioed eu bod fel ail set o rieni iddo. Roedd Wncwl Jac yn dwlu ar rygbi ac yn ffan selog i dimau Cymru a'r Llewod – dyna pam roedd e wedi trefnu gwyliau i gyd-fynd ag ymweliad tîm Cymru ag Awstralia.

Edmygai Arwel ei Wncwl Jac am ei wybodaeth eang o'r gêm.

'Dad! Paid â dweud dim wrth Wncwl Jac 'mod i wedi cael fy newis. Ddim yn y maes awyr, ta p'un. Fe ddangosa i'r llythyr iddo fe ar ôl i ni gyrraedd y tŷ. Iawn, Dad?'

'Iawn, Arwel bach. Os taw dyna beth rwyt ti'n moyn.'

* * *

'Dyma nhw, Arwel!' gwaeddodd Wil Hopkins wrth i Wncwl Jac ac Anti May agosáu at y dderbynfa.

'O, Arwel bach!' criodd ei fodryb a'r dagrau'n powlio o'i llygaid. 'O, mae'n hyfryd dy weld ti eto. R'yn ni wedi gweld dy eisiau'n fawr iawn, on'd ydyn ni, Jac?'

'Na, ddim fel'ny, May,' atebodd yn gellweirus, gan droi at ei nai. 'Ond rhaid dweud, dyw tîm yr Aman ddim yr un peth hebddot ti, fachgen! Wel, William ni, shwt wyt ti?'

'Dewch ymlaen 'te, bois, adre â ni. Mae Eira'n aros

amdanon ni a bydd lot o siarad heno, siŵr o fod,' meddai'i dad yn llawn emosiwn.

Wedi mwynhau swper hwyliog iawn, awgrymodd Eira Hopkins eu bod yn symud i'r stafell fyw. Yn gyffro i gyd dywedodd, 'Mae 'da Arwel rywbeth pwysig i ddweud wrthoch chi!'

'Darllenwch hwn, Wncwl Jac,' meddai Arwel gan basio llythyr Undeb Rygbi Ysgolion Awstralia ato.

'Wel, Arwel. Llongyfarchiadau. Tîm Ysgolion Awstralia. Da iawn ti . . .' Edrychodd e ar ei nai am eiliad neu ddwy. 'Dyna drueni na fyddet ti'n chwarae dros Gymru . . .'

Torrodd Wil Hopkins ar ei draws. 'Hei! Dal sownd, Jac. Mae hwn yn anrhydedd enfawr i Arwel ni a . . .'

'Wncwl Jac! Yn Awstralia wy'n byw nawr. Dyma fy nghartre i . . .'

Teimlai Anti May bod angen newid testun y sgwrs. 'A beth am y coleg, Arwel? Wyt ti am fynd i Goleg Meddygol Sydney?'

'Wel . . . 'dwy ddim yn siŵr. Rwy hefyd wedi cael cynnig mynd i Gaerdydd . . .'

'Caerdydd! Bachgen!' gwaeddodd Jac. 'Does dim i dy rwystro rhag chwarae i Gymru ac i'r Llewod wedyn . . .'

'Ond, Wncwl Jac, mae tîm Awstralia yn cael ei ddewis ddydd Sadwrn nesa . . .'

Rhag i'w fab ddod yn rhan o ffrae fawr, awgrymodd Wil Hopkins, 'Mae 'da ti ysgol a sesiwn hyfforddi fory, on'd oes Arwel? Gwell i ti gael noson gynnar.'

Er mor ddiolchgar oedd Arwel i gael mynd i'w wely, ni chafodd fawr o gwsg wrth i'r cwestiynau mawr am rygbi a'r coleg droi yn ei ben. Oedd, roedd tynfa fawr iddo fynd yn ôl i Gymru, ond doedd dim angen dod i benderfyniad am fisoedd eto. Roedd chwarae i Awstralia yn gyfle mor wych . . . trueni nad oedd yn teimlo fel *Aussie* go iawn . . .

Aeth yr wythnos ganlynol heibio'n gyflym gydag Wncwl Jac, ei rieni ac Anti May yn ymweld â lleoedd enwog Sydney: y Tŷ Opera, y bont enwog, traeth Bondi.

Stadiwm Awstralia oedd bwysicaf i Wncwl Jac oherwydd dyna ble roedd y gêm brawf olaf yn cael ei chynnal. Rhywsut rywfodd byddai Wncwl Jac wastad yn troi'r sgwrs at ddyfodol Arwel; hynny yw, ei ddyfodol yng Nghymru. Roedd gan ei wncwl ddarlun clir o yrfa coleg a rygbi ei nai, mor glir fel y teimlai Arwel nad oedd ganddo fawr o ddewis erbyn hyn. Roedd chwarae i Awstralia wedi troi'n fwgan i Arwel.

Rhyddhad mawr iddo oedd clywed fod Mr Arthurs wedi dod i'w gasglu ar y bore Sadwrn pwysig hwnnw.

'Wel, sut wyt ti, Arwel? Paid ti â phoeni, fachgen, fe gei di dy ddewis i chwarae yn safle'r mewnwr yn y gêm brawf. Bydd dy chwarae nerthol yn ddigon i berswadio'r dewiswyr. Ymlacia a joia'r profiad,' meddai yn ei ffordd gefnogol arferol.

Ymlacio! Dyna'r un peth na allai Arwel mo'i wneud. Er nad oedd Wncwl Jac yn ei boeni ynghylch dod i Gymru erbyn hyn, roedd ef ei hun yn teimlo'r dynfa i gyfeiriad Cymru. Ond roedd arno ofn dweud hynny wrth neb. A fyddai'n bradychu Mr Arthurs a'i rieni trwy droi at Gymru? Gwell claddu'i deimladau am y tro a chadw'i feddwl ar y gêm.

* * *

Roedd fel petai ysgolion Sydney i gyd wedi dod yno i'w cefnogi. Gwyddai fod ei dad ac Wncwl Jac yno yn rhywle yng nghanol sŵn byddarol y dorf.

Rhedodd y tîm ar y cae ac o'r funud honno doedd Arwel ddim yn teimlo'n hapus. Roedd ei gicio'n ofnadwy o wael a'i basio'n drychinebus. Doedd e ddim yn cael gêm dda o gwbl. Erbyn hanner amser penderfynodd yr hyfforddwr ei roi ar y fainc.

Roedd llawer o barablu y tu ôl iddo ar y fainc, ac wrth glustfeinio, sylweddolodd mai fe oedd testun y sgwrs. 'Dwi'n falch fod y Pom Hopkins 'na wedi gwneud smonach ohoni. Well 'da fi weld *Aussie* go iawn fel Mel Arbooro yn y tîm.'

Roedd y geiriau fel cyllell yng nghalon Arwel.

Wrth gerdded at gar Mr Arthurs ar ôl y gêm gofynnodd ei athro iddo, 'Beth oedd yn bod, Arwel? Dwi 'rioed wedi dy weld di'n chwarae mor wael â hynny o'r blaen.'

Dim ond ysgwyd ei ben allai Arwel ei wneud.

'Sdim ots,' meddai Mr Arthurs, 'mae pob un yn cael diwrnod gwael. Ga i air â'r hyfforddwr ar y ffôn heno 'ma.'

Pan gyrhaeddodd adre roedd ei dad a'i Wncwl Jac yn edrych yn ddigalon iawn.

'Beth ddigwyddodd, 'machgen i?' gofynnodd ei dad.

Edrychodd Arwel ar ei wncwl am funud. Gwyddai ei fod e'n deall. Aeth yn syth i'w stafell wely. Damo rygbi! Damo Awstralia! Damo Cymru!

Petrus iawn oedd Arwel y nos Fawrth ganlynol wrth iddo gamu i'r cae yng nghrys ei ysgol Warantah High yn erbyn Boroota High. Trefnwyd y gêm a gweithgareddau eraill i groesawu tîm Cymru a'u hyfforddwr, Jeff Willis.

Penderfynodd Arwel brofi iddo'i hun bod ei galon yn y gêm ac y gallai ddisgleirio yn erbyn tîm mor dda â Boroota High. Buan y daeth y gwylwyr i sylweddoli fod Arwel ben ac ysgwyddau'n well nag unrhyw un arall ar y cae.

Erbyn yr ail hanner roedd am godi i lefel uwch eto. Ond ni chafodd gyfle. Llithrodd wrth dderbyn pêl wael o waelod sgrym. Cafodd ei godi a'i fwrw i'r llawr gan dri blaenwr a mewnwr Boroota. Teimlodd ddyrnau'n taro yn erbyn ei gorff i rythm y gair *pom*. *Pom pom pom* – fe gafodd ei glatsio'n gas.

Erbyn i'r dyfarnwr ymyrryd roedd Arwel yn anymwybodol. Bu'n rhaid iddo fynd i'r ysbyty mewn ambiwlans ac aros yno dros nos. Ac oherwydd ei fod wedi'i daro'n anymwybodol doedd dim hawl ganddo i chwarae eto am dair wythnos, ac fe fethodd ei gyfle i gynrychioli Awstralia yn y prawf cyntaf yn erbyn Cymru – gêm fuddugol i Awstralia. Ond er ei fod yn gleisiau i gyd roedd y meddygon yn hapus nad oedd wedi'i niweidio'n ddrwg.

Fe gollodd Arwel yr ail brawf hefyd yn ystod y tair wythnos ond roedd y stori'n wahanol iawn yn y gêm hon.

'Buddugoliaeth i'r Cymry ifanc y tro 'ma, bois,' ymfalchïodd ei Wncwl Jac. 'Gêm dda iawn, 26-23 i Gymru. Ond mae ei mewnwr wedi ei anafu'n ddrwg. Mae e wedi torri dwy asen ar ôl tacl hwyr, mae'n debyg.'

Roedd hon yn broblem ddyrys i Jeff Willis,

hyfforddwr y tîm. Ar ôl sawl sgwrs ffôn danbaid â'r swyddogion yng Nghaerdydd gwrthodwyd anfon eilydd allan; roedd yr amser yn rhy brin i hedfan rhywun arall allan cyn y prawf olaf. Byddai'n rhaid symud y chwaraewyr o gwmpas. Ond ofnai Willis nad oedd unrhyw un yn y garfan a allai ddisgleirio yn safle'r mewnwr, ac roedd hynny'n hollbwysig er mwyn cipio'r gyfres.

Doedd Arwel ddim yn synnu clywed nad oedd wedi cael ei gynnwys yng ngharfan Awstralia ar gyfer y prawf olaf yn erbyn Cymru.

'Fe gest ti dreial gwael,' esboniodd Ben Osborne, prif ddewiswr tîm ysgolion Awstralia wrtho. 'Ac rwyt ti wedi colli'r ddwy gêm gynta 'ta beth, a rhaid dweud fod Mel Abooro yn chwarae'n arbennig o dda ar hyn o bryd . . . Mae'n flin 'da fi. Ond mae'n siŵr y cei di gyfle rywbryd eto.'

Teimlai Arwel bod ei gyfle wedi diflannu am byth.

* * *

Mewn gwesty yn Sydney roedd criw o Gymry yn clebran am y gêmau prawf ac yn eu canol roedd hyfforddwr Cymru, Jeff Willis. Cododd y broblem o gael mewnwr ar gyfer ei dîm. Edrychodd Wncwl Jac ar ei frawd a'i lygaid yn pefrio.

'Beth am y bachgen Hopkins 'ma o Warantah

High, Mr Willis? Wy wedi clywed ei fod e'n fewnwr arbennig o ddawnus. Mae'r cymwysterau 'da fe i chwarae i'r crysau cochion achos taw yng Nghymru cafodd e ei eni a'i fagu.'

'Welais i e'n chwarae perl o gêm, cyn iddo gael ei anafu . . . ond mae e wedi ei ddewis i chwarae i dîm Awstralia, on'd yw e? Felly does dim hawl 'da fi i feddwl amdano hyd yn oed,' atebodd Jeff Willis.

'Ond dyw e ddim wedi ei gynnwys yn y prawf ola,' meddai Jac, 'felly mae siawns go dda 'da chi i'w gynnwys e yn eich tîm chi. Ac mae e wedi dod dros ei anafiadau . . .'

'Na, dyw'r peth ddim yn bosıb. Mae'n hollol amhosibl.'

A chyn i Wncwl Jac gael cyfle i ymateb, dyma Jeff Willis yn codi o'i sedd a dweud nos da wrth bawb.

'Mae cyfle da wedi'i golli fan'na, Wil. Cyfle da.'

'Rwyt ti fel ci gydag asgwrn, Jac. Wyt yn wir.'

* * *

Chysgodd Mr Willis fawr ddim y noson honno. Doedd syniad Jac ddim yn un ffôl. Wedi'r cyfan, os nad oedd Hopkins wedi ei ddewis i'r Awstraliaid beth oedd i'w golli? Penderfynodd gysylltu â nhw cyn gynted â phosibl.

'Dydw i 'rioed wedi derbyn cais fel hyn o'r blaen,'

ebychodd prif ddewiswr tîm Awstralia. 'Ond mi ga i air â'r dewiswyr eraill, Mr Willis.'

Roedd un ohonynt yn bendant yn erbyn y syniad ond roedd y tri arall yn barod i'w helpu. Tybed oedd rhai ohonyn nhw'n gweld cyfle i Awstralia ennill; wedi'r cyfan roedd y mewnwr ifanc wedi chwarae'n wael yn ddiweddar ac wedi bod yn yr ysbyty?

Cytuno i gais Jeff Willis wnaeth dewiswyr Awstralia yn y diwedd, ar yr amod mai tîm meddygol Cymru fyddai'n gyfrifol am iechyd a diogelwch Arwel Hopkins. Wedi diwrnod prysur o wneud trefniadau aeth Jeff Willis draw i gartref Arwel, gan obeithio y cytunai i ymuno â'i dîm.

Agorwyd y drws gan Wil Hopkins. 'Mr . . . Mr Willis. Dewch i mewn. Eira, dyma Mr Willis, hyfforddwr tîm ysgolion Cymru. Dewch i mewn.'

'Hoffwn i gael gair ag Arwel os gwelwch yn dda.' Roedd gwên lydan ar wyneb Wncwl Jac.

Dywedodd Arwel ei fod e'n iach ac yn barod i chwarae. Doedd e ddim yn gallu credu'r peth. Penderfynodd ar unwaith y byddai'n chwarae gêm ei fywyd. Roedd cymaint yn y fantol, on'd oedd?

'Diolch yn fawr i ti, Arwel. Mae hyn wedi codi pwysau mawr oddi ar f'ysgwyddau. 'Fe ffonia i Mr Arthurs a'r ysgol i drefnu i chi ddod i gwrdd â'r sgwad yfory ac i ymarfer gyda nhw. Tan yfory, Arwel! Nos da i chi i gyd,' meddai Jeff Willis.

Ar ôl iddo fynd eisteddodd Arwel. 'Ydw i'n breuddwydio?' meddai'n syn.

'A dyma fi nawr yn cael fy nymuniad. Arwel ni yn chwarae i Gymru,' llefodd Wncwl Jac.

'Ie!' ategodd ei dad, 'a hynny ar ôl cael ei ddewis ar gyfer Awstralia!'

Chwarddodd pawb yn hapus.

Ond roedd hen deimlad annifyr yng nghefn meddwl Arwel. Beth ddywedai Mr Arthurs a phawb arall yn yr ysgol? Roedd hi'n mynd i fod yn galed arno ar y cae ac yn yr ysgol o hyn ymlaen.

* * *

Cafodd Arwel ymarferion gwych gyda Chymru. Nid oedd y gair *pom* i'w glywed yn unman. Erbyn hyn, roedd ei hyder wedi dod yn ôl. Roedd y tîm meddygol wedi dweud ei fod e'n iawn i chwarae ac roedd am chwarae gêm ei fywyd er mwyn i'w dîm newydd ennill.

Am dri o'r gloch arweiniodd Aled Jones, capten Cymru, ei dîm allan ar y cae ar gyfer y prawf olaf. Un gêm yr un!

O'r gic gyntaf dyma'r Awstraliaid yn defnyddio grym eu blaenwyr i gadw meddiant o'r bêl a gyrru ymlaen yn ddwfn i mewn i hanner yr ymwelwyr. Ond roedd blaenwyr Cymru yn eu gwthio'n ôl.

Daeth y bêl allan o fôn y sgrym i feddiant Arwel ond roedd rheng ôl ei wrthwynebwyr wedi ei ddal. Tarodd y ddaear heb fymryn o wynt ar ôl. Chwythodd chwiban y dyfarnwr. Edrychodd Arwel i fyny i weld un o flaenwyr Awstralia yn crechwenu arno. Byddai'n rhaid bod yn gyflymach y tro nesa.

Er i'r Cymry ildio trosgais a dwy gic gosb yn gynnar yn y gêm, fe wnaethon nhw amddiffyn yn ddewr i gadw'r sgôr yn 13-0 i Awstralia ar yr hanner.

'Trydanol' oedd y gair a ddaeth i feddwl Arwel ar ddiwedd sgwrs hanner-amser Mr Willis. Gwelai'r hyfforddwr yn union beth oedd gwendidau'r Awstraliaid ac esboniodd yn glir sut y gallai Cymru eu cosbi. Llwyddodd i anelu bollt o egni at galon pob un o'r chwaraewyr cyn cloi'r sgwrs â'r geiriau, 'R'ych chi'n chwarae'n dda, bois. Nawr codwch eich gêm. Chwalwch nhw!'

Rhedodd y ddau dîm ar y cae i dderbyn croeso swnllyd gan y dorf. Roedd hi'n amlwg fod y gêm yn eu plesio.

Yn syth o'r gic i ddechrau'r ail hanner carlamodd blaenwyr Cymru at flaenwyr Awstralia. Aeth y bêl yn ôl i Arwel. Anelodd gic ddechau at yr ochr a'r bêl yn bownsio o'r cae i mewn i'r ochr ac i mewn i'w llinell ddwy ar hugain nhw. Cipiodd Mal Griffiths y bêl yn y lein ac allan â hi'n gyflym i Arwel. Taflodd bàs gyflym allan i Huw Keane y maswr ac yna'n gyflym at Gary Lewis y canolwr oedd yn ochr-gamu heibio i'r Awstraliaid. Yna at Tim White yr asgellwr a aeth fel corwynt at lein Awstralia a sgorio o dan y pyst. Daeth cic hawdd Arwel â'r sgôr yn agosach – 13-7 i'r Awstraliaid yn awr.

Ceisiodd Awstralia ddod yn ôl gyda'u blaenwyr yn taranu dros y cae. Doedd Arbooro, yr un a gafodd le Arwel, ddim wedi cicio'n dda o gwbl ac roedd cefnwr Cymru yno i dderbyn ei bêl bob tro, i gychwyn sawl gwrthymosodiad.

Dwy funud i fynd. Sgrym yng nghanol y cae. Ceisiodd Awstralia dynnu'r sgrym i lawr. Ond roedd y dyfarnwr yn wyliadwrus. Fe geison nhw unwaith yn rhagor – cic gosb i Gymru. Ciciodd Arwel y bêl bron i'w llinell gais. Roedd y Cymry'n llawn hyder. 'Nawr 'te, bois! Un trosgais arall ac amddiffyn fel milwyr wedyn.'

Taflodd y bachwr y bêl i mewn i'r lein. Yn ôl at Arwel – aeth Arbooro i geisio ei rwystro. Ond pasiodd Arwel y bêl allan yn gyflym i'r asgellwr ar yr ochr dywyll a rhedodd hwnnw am ei fywyd dros y llinell gais. Cais yn y gornel ac Arwel i roi cynnig am ddau bwynt ychwanegol – dau bwynt cwbwl dyngedfennol. Eiliadau'n weddill!

Cymerodd Arwel ei amser wrth osod y bêl.

Cerddodd yn ôl. Ciciodd y bêl, ond roedd hi'n mynd y tu allan i'r pyst. Na. Ond gwelodd hi'n gwyro ar yr eiliad olaf cyn cwympo'n deg dros y bar. Saith pwynt i Gymru. Canodd chwiban y dyfarnwr a ffrwydrodd y dorf. Roedd y gêm brawf drosodd a Chymru wedi ennill y gêm o 14-13, a'r gyfres brawf o ddwy gêm i un!

Yn yr ystafell wisgo roedd pob un o aelodau'r tîm am ysgwyd llaw Arwel. Daeth Mr Willis ato i'w longyfarch. 'Wel, Arwel, r'yn ni wedi bod yn lwcus iawn i dy gael di. Ydyn wir! Bydd rhaid i ni gael sgwrs ynglŷn â dy ddyfodol di, fachgen.'

A'r noson honno y penderfynodd Arwel drafod ei ddyfodol â'i rieni. Roedd am fynd i Gaerdydd yn yr hydref i hyfforddi i fod yn feddyg ac i ymuno ag un o glybiau Cymru.

Er iddynt gael sioc wrth glywed pa mor bendant oedd eu mab ynghylch gadael Awstralia, roedden nhw'n falch drosto. 'Dy hapusrwydd di sy'n bwysig i ni, Arwel bach,' meddai ei fam. 'A 'ta p'un, bydd dy dad yn ymddeol 'mhen pum mlynedd. Pwy a ŵyr? Efalle y dôn ninnau'n ôl i Gymru.'

Roedd ei Wncwl Jac fel y gog. 'Jiw, Arwel. Efalle cei di yrfa rygbi ddisglair yng Nghymru. Mae eisiau talent newydd arnon ni, mae hynny'n siŵr.'

Yn sydyn dyma'r ffôn yn torri ar draws eu sgwrs. Atebodd ei dad. Gwenodd. 'Arwel, dere at y ffôn. Mae rhywun eisiau siarad â ti . . . Graham Henry!'

Darllen y Gêm

Richard Evans a Bethan Mair

'Pwy fase'n meddwl,' meddyliodd wrtho'i hunan wrth dynnu'r crys coch a rhif 14 ar ei gefn dros ei ben '. . . fi – yn chwarae yn Stadiwm y Mileniwm!' Wrth iddo arwain tîm Cymru drwy'r twnnel i wynebu Seland Newydd, gwyddai na fyddai yno o gwbl heblaw am ei dad a Celt, ei ffrind gorau o'i ddyddiau ysgol. Cofiodd yn ôl i'r diwrnod mawr pan newidiodd ei fywyd am byth . . .

Gallai Cai weld Marc Mathias yn gwneud hwyl am ei ben, yn dweud pethau cas. Roedd e'n pwyntio at ei glustiau, yn chwifio'i freichiau'n wyllt ac yn gwneud ystumiau gwirion. Diolch byth nad ydw i'n gallu ei glywed e'n iawn, meddyliodd Cai wrtho'i hunan. Trodd at yr athrawes arbennig oedd yn ei helpu. 'Well i ni ymarfer siarad eto,' meddai Miss Hughes gyda'i dwylo a siâp ei gwefusau, 'er mwyn i ti gael ateb y mwnci 'na'n ôl!'

Roedd ei feddwl ar rygbi, fel arfer. Byddai wrth ei fodd yn gwylio gêmau ar y teledu bob penwythnos, a weithiau byddai'n cael mynd gyda'i dad i Barc y

Strade, Llanelli, i wylio'r Scarlets yn chwarae. Un tro, pan oedd e'n iau, cafodd fod yn fascot cyn y gêm, a rhedeg i ganol y cae mawr gwyrdd. Dywedodd ei dad fod pawb yn y dorf yn bloeddio nerth esgyrn eu pennau, ond doedd Cai ddim yn gallu eu clywed y tro hwnnw. Erbyn hyn, wedi cael offer arbennig, gallai glywed rhywfaint, ond nid hanner cystal â'r plant eraill.

Roedd yn help iddo ymarfer dweud geiriau. Ond roedd yn llawer gwell gan Cai ymarfer ei sgiliau rygbi. Treuliai oriau ar ei ben ei hunan yn yr ardd yn ochr-gamu, yn ymarfer cicio at yr ystlys (ffens gardd Mr Jeffreys drws nesa) ac roedd hi'n dipyn o gamp ceisio cadw'r bêl rhag mynd drosodd i ardd Mr Jeffreys a malu ei flodau! Ond gyda chymaint o ymarfer, roedd Cai'n dda iawn ar roi'r bêl yn yr union fan y dymunai ar yr ystlys. Ei freuddwyd fawr oedd chwarae yn nhîm yr ysgol gyda'i ffrind gorau, Celt, a'r lleill. Ond i fachgen byddar, dyw pethau ddim bob amser mor hawdd.

Ar brynhawn dydd Mercher byddai pob un o'r bechgyn eraill yn ysgol Gelli Fawr yn gallu dewis chwarae rygbi neu redeg traws gwlad – pob un ond Cai druan. Gan ei fod mewn ysgol gyda phlant oedd yn gallu clywed, roedd yn rhaid iddo fe gael gwersi arbennig bob dydd Mercher. Byddai'n syllu'n hiraethus drwy'r ffenest, yn edrych ar Mr Bowen yr athro ymarfer corff yn hyfforddi, ar y gêmau'n mynd yn eu blaenau, ar y symudiadau a wnâi'r bechgyn yn y sgrym a'r leiniau ac ar y patrymau y byddai wrth ei fodd yn eu gwylio ar y teledu ac wrth wylio ei fideo o'r Llewod y prynodd ei dad iddo. Ers blynyddoedd, byddai Cai a'i dad yn prynu pob cylchgrawn, yn gwylio pob rhaglen, ac yn darllen pob llyfr am rygbi. Bydden nhw'n treulio oriau'n trafod tactegau'r gêm, ac er bod ei fam yn tynnu coes ac yn dweud 'boring!', byddai ei dad bob amser yn rhyfeddu at ddawn naturiol Cai i ddeall rygbi. 'Mae e'n gallu darllen y gêm gystal ag unrhyw oedolyn, mae e'n gallu gweld beth yw'r peth gorau i'w wneud heb orfod meddwl ddwywaith. Mae ganddo fe ddawn eithriadol.'

I Cai, dim ond un freuddwyd oedd, a gallai glywed y sylwebaeth yn ei feddwl: '. . . a nawr dyma'r bêl yn cael ei sgubo mas ar hyd y llinell at yr asgellwr dawnus Cai Evans, ac mae e heibio i'r dyn cyntaf, ac yn ochrgamu'n gelfydd heibio i daclwr arall, ac mae'r llinell gais o fewn golwg; dyma ddeifio amdani, ac mae'n gais unigol gwych i'r asgellwr ifanc!'

'Dere'n ôl o ganol y mwd,' chwarddodd Miss Hughes yn garedig. Roedd hi'n gwybod yn union i ble roedd meddwl Cai wedi crwydro.

*   *   *

'Bydd y bws ysgol wedi mynd hebddot ti, os na siapi di!' dwrdiodd ei fam ar Cai am y trydydd tro, wrth iddo gymryd llawer gormod o amser dros ei frecwast. Dydd Mercher oedd hi eto, ac fel pob dydd Mercher arall, roedd Cai'n gyndyn iawn i weld ugain munud i naw yn dod. Ar y bore hwnnw byddai'r bechgyn yn cael hwyl ar y bws yn brolio am beth y byddent yn ei wneud ar y cae. Er ei fod yn gallu clywed tipyn ar y sgwrs erbyn hyn, a hyd yn oed yn gallu ateb 'nôl pe bai eisiau, roedd Cai'n gwybod na fyddai'r bechgyn eraill yn ei gredu pe bai e'n dechrau siarad am rygbi gyda nhw. Gallai ddychmygu'r ymateb, heb fentro.

'Beth wyt ti'n gwbod am rygbi, Cai Dim Clyw? Does dim cliw 'da ti . . . Ha Ha Ha.' Doedd Celt, ei ffrind gorau, ddim ar yr un bws, felly fentrai Cai ddim herio'r bechgyn cas ar ei ben ei hunan. Pe bai Celt gyda fe gallai hwnnw ei helpu i ddweud y geiriau'n iawn wrth ateb 'nôl – i ddweud rhywbeth fel, 'Oes, mae digon o gliw 'da fi am rygbi, dwi'n gallu pasio a chicio a chroesi'r llinell fantais, ac ochrgamu heibio i dacl a sgorio'r cais buddugol'; ond fel roedd hi, y cyfan a wnâi Cai oedd gwenu ar y bechgyn cas, er mwyn osgoi bwlio gwaeth.

Roedd y dydd Mercher hwnnw'n un pwysig, diwrnod y gêm rygbi rhwng ysgol Gelli Fawr a Phont y Castell. Plant ysgol Pont y Castell oedd gelynion plant Gelli Fawr, ac roedd yn rhaid ennill, costied a gostio. Gan ei bod hi'n gêm mor arbennig cafodd Cai ganiatâd i wylio yn hytrach na chael ei wers arferol gyda Miss Hughes. Câi'r rhieni ddod i gefnogi, ac roedd cyffro drwy'r ysgol i gyd. Roedd tad Cai am ddod i gefnogi'r tîm a bod yn gwmni i Cai, ac roedd y ddau'n edrych ymlaen at weld Celt yn chwarae ar yr ystlys.

'Mae'n stumog i'n troi,' meddai Celt wrth Cai amser chwarae. 'Rwy'n teimlo'n eitha sâl.'

'Paid â becso gymaint am y gêm,' atebodd Cai, 'bydd popeth yn iawn, rwy'n siŵr.'

'Nage, nid nerfus ydw i,' meddai Celt, 'teimlo'n dost! Yn dost go iawn. Byddai'n well i fi fynd i weld y nyrs! Dere gyda fi, wnei di? Ga i foddion 'da hi, a bydda i'n well cyn pnawn 'ma, gobeithio!'

Cymerodd Nyrs Preis un olwg arno cyn codi'r ffôn. 'Gartre yw'r unig le i ti, 'machgen i,' meddai. 'Bydd rhaid i dy fam ddod i dy fofyn di adre nawr.'

'Ond y gêm pnawn 'ma! Pont y Castell! Beth am y gêm?' meddai Celt, a siom yn llosgi yn ei lwnc.

'Un peth sy'n sicr,' meddai Nyrs Preis, 'fyddi *di* ddim ar y cae 'na!'

'Cer i ddweud wrth Mr Bowen,' meddai Celt wrth Cai. 'Cer nawr, a gwêd bod fi'n dweud y galli di chwarae yn fy lle i. Rwyt ti'n hen ddigon da.'

'Fi?' meddai Cai yn syfrdan. 'Fydd y bechgyn

eraill byth yn fodlon! A beth am Mr Bowen? Mae'n gêm bwysig, Celt . . .'

'Ti yw'r asgellwr gore rwy'n ei nabod!' meddai Celt. 'Mae'n hen bryd cau cegau'r bechgyn twp 'na unwaith ac am byth! Nawr cer, glou. Bydd raid i rywun nôl dy sgidie rygbi di!'

Â'i wynt yn ei ddwrn, rhedodd Cai i'r ystafell athrawon. Miss Hughes ddaeth i'r drws. Dywedodd Cai ei neges yn gyflym wrthi hi gyda'i ddwylo, a galwodd hi ar Mr Bowen. Cymerodd Cai ei amser wrth geisio siarad y geiriau.

'Mae Celt yn dost, ac mae e'n dweud taw fi ddyle fynd mlân yn ei le pnawn 'ma. Plîs gadewch i fi, Mr Bowen, fydda i'n gallu gwneud beth sydd ei angen, wir i chi.'

Edrychodd Mr Bowen yn syn ar Cai, edrychodd draw at Miss Hughes, oedd â gwên fawr yn lledu dros ei hwyneb, edrychodd 'nôl at Cai, crafodd ei ben, a meddai, 'Jiw jiw, beth weda i? Wyt ti moyn chware? Duw a ŵyr, does gen i neb arall . . .'

'O plîs, Mr Bowen, diolch yn fawr, wna i ddim eich siomi chi!' meddai Cai, gan siarad â'i ddwylo a'i wefusau yr un pryd.

'Ond aros eiliad, grwt,' meddai Mr Bowen, 'alli di ddim gwisgo dy gymorth clyw ar y cae, bydd rhaid i un o'r gwylwyr dy helpu i ddeall beth sy'n digwydd – rhywun sy'n gallu arwyddo i ti.'

'Mae Dad yn dod i weld y gêm, roedd e'n mynd i ddod i weld Celt. Fydde fe'n gwneud y tro?'

'Fe wnaiff e'r tro'n iawn! Ffoniwn ni dy dad i ofyn iddo fe ddod â dy sgidie rygbi i ti. Well i ti ddod gyda fi, i fi gael gafael ar grys i ti. Dere 'mlaen, Cai Evans, mae dy ddiwrnod mawr di wedi dod!'

Erbyn tri o'r gloch roedd Cai yn teimlo'r nerfau fel ieir bach yr haf yn ei fola. Ond ddangosodd e ddim wrth neb, rhag ofn iddyn nhw feddwl na fydde fe ddim yn gallu wynebu chwarae. Roedd y gêm i ddechrau am hanner awr wedi tri; bob yn un, ymgasglodd y tîm yn y stafell newid, a gweld Cai yno yn ei sgidie rygbi a'r crys rhif 14 am ei gefn.

'Beth mae fe Dim Clyw yn gwneud 'ma?' meddai Marc Mathias, un o'r bechgyn ar y bws ysgol. 'Ble mae Celt?'

'Mae Celt yn dost ac rwy wedi penderfynu rhoi Cai yn ei le. Mae Celt yn dweud y bydd Cai yn gallu chwarae cystal â fe, felly rhowch bob chware teg iddo fe,' meddai Mr Bowen, gan edrych yn garedig ar Cai.

'Uffach gols! Odych chi'n gwbod pa mor bwysig yw'r gêm hon? Os collwn ni oherwydd Cai Dim Clyw, wel . . .'

'Digon!' arthiodd Mr Bowen. 'Dwi ddim eisiau clywed dim mwy o'r math yna o siarad fan hyn! Tîm 'ych chi, ac fel tîm fyddwch chi'n chwarae. Mae pymtheg ohonoch chi yn y tîm, ac rwy'n gwybod y bydd POB UN yn gwneud ei orau. Nawr 'te, mae'n bryd mynd mas ar y cae. Rwy wedi bod yn hyfforddi Cai ers amser cinio, felly mae e'n deall y tactics. Chwaraewch y gêm fel tase Celt yn dal ar yr ystlys. A phob lwc . . . i chi i gyd,' meddai, gan roi winc i Cai.

Roedd tyrfa wedi dod i wylio'r gêm, a gallai Cai weld Miss Hughes, a'r plant o'r bws ysgol yng nghanol y môr o wynebau. Ble roedd ei dad? Dyna fe! Roedd yn siarad â'r dyfarnwr, yn esbonio am y siarad dwylo, siŵr o fod. Chwythodd y chwiban a rhedodd Cai, gan gadw'i lygad ar y bêl ac ar ei wrthwynebydd. Arhosai am bàs gan Marc, oedd yn chwarae yn y canol, ond fyddai hi byth yn dod ar hyd y llinell yn ddigon pell ato fe. Pasiwch i fi, meddyliodd. Rhowch gyfle i fi, ond aeth y gêm ymlaen ac yntau mas ar yr asgell yn disgwyl, a disgwyl, a disgwyl. Roedd Cai'n amau'n gryf mai ei anwybyddu roedd bechgyn eraill y tîm, ac aeth yn llai a llai hyderus wrth i'r hanner cyntaf fynd yn ei flaen.

Roedd Pont y Castell ar y blaen o dri phwynt, diolch i gicio cywir, a doedd Mr Bowen ddim yn hapus. Roedd yn dwrdio'r tîm, yn rhoi stŵr iddynt am anwybyddu Cai ar yr asgell, ac o'r dyrfa, gallai Cai weld ei dad yn arwyddo, 'Darllen y gêm, Cai!

Rwyt ti'n gallu darllen y gêm yn well na phawb arall. Cwyd dy galon a cher amdani!'

A Phont y Castell yn dal ar y blaen, teimlai Cai'n ddigalon iawn. Dim ond dwywaith y cafodd e ei law ar y bêl o gwbl, ac roedd hi'n oer i asgellwr ar ymylon y gêm heb ddim byd i'w wneud. Roedd y ddau dîm yn chwarae'n dda, ac wedi i Gelli Fawr gicio cic gosb, safai'r sgôr yn gyfartal ar naw pwynt yr un. Ond gêm o gicio goliau oedd hi, heb yr un fflach o gyflymder, na'r un cais. Roedd Cai'n ysu am gael y bêl yn ei ddwylo, am gael ei draed yn rhydd, ac am gael anelu am y llinell gais. Roedd ei dad yn ei annog yn daer, ar flaen y dorf, a phlant yr ysgol yn gweiddi digon hyd yn oed i Cai eu clywed.

Ac yn sydyn, dyma gyfle! Ciciwyd y bêl yn ddwfn i hanner Gelli Fawr o'r cae. Heb oedi, rhedodd Cai yn ôl amdani, a chyn i'r cefnwr gael cyfle, fe gododd y bêl o'r llawr a dechrau rhedeg nerth ei draed i fyny'r cae. Gwelai fachgen o Ysgol Pont y Castell yn ei grys coch a du yn cythru amdano, felly dyma godi'r bêl dros ei ben gyda chic fach gelfydd, a chwrso ar ei hôl.

Ochrgamodd y taclwr, a gwelodd fwlch yn agor o'i flaen, heb ddim i'w wneud cyn y llinell gais ond codi'r bêl a mynd amdani. 'Fe ddangosa i iddyn nhw i gyd 'mod i cystal â nhw,' meddai Cai wrtho'i hunan wrth deimlo'r awel drwy ei wallt. 'Cai Dim

Clyw, wir. Fe gân nhw weld.' Cododd ei sodlau, ac er ei fod yn gallu teimlo fod chwaraewyr eraill yn dynn ar ei sodlau, wnaeth e ddim oedi am eiliad i weld ai crysau gwyrdd a glas oedd amdanynt, fel fe, ynteu crysau coch a du'r gelyn.

O gornel ei lygad gallai weld rhywun yn rhedeg amdano, fflach o goch, ond dim ond pedair metr oedd at y llinell gais. Anelodd am y pyst, gam wrth gam, bron â chyrraedd, ond fe deimlai rywun yn estyn am ei goesau. Un peth oedd amdani, roedd yn rhaid gwneud llam am y llinell. Taflodd Cai ei hunan drwy'r awyr, ac er ei fod yn teimlo rhywun yn gafael yn ei figyrnau, roedd digon o nerth ganddo i groesi. Tarodd ei gorff y llawr, a llithro ar hyd y gwair. Roedd wedi sgori cais unigol gwych – yn union o dan y pyst gan roi Ysgol Gelli Fawr ar y blaen, a dim ond tair munud i fynd!

Doedd ganddo ddim syniad fod gweddill y tîm yn gweiddi ei enw ac yn dawnsio gan lawenydd y tu cefn iddo, ond heb droi blewyn, cododd o'r mwd, a chodi'r bêl. Rhedodd Dewi Stone, capten y tîm, ymlaen ato'n wên i gyd a'i daro'n frwd ar ei gefn i'w longyfarch. Arwyddodd at y pyst a dweud wrth Cai am roi cynnig ar y trosiad; gwyddai Dewi fod Cai yn giciwr da. Dau bwynt arall. Cais a throsiad i Cai, felly – ar ei ymddangosiad cyntaf i dîm yr ysgol! Ac yn sydyn roedd y bechgyn eraill yn neidio arno, yn ei gofleidio ac yn gwenu fel gatiau.

Edrychodd draw at y dorf, a gwelai ei dad yn arwyddo'n wyllt 'Ardderchog, Cai! Da iawn ti!' Roedd Miss Hughes yn sefyll wrth ei ochr, ac roedd hi'n arwyddo, 'Cai, rwyt ti'n arwr!' Ac yn sydyn roedd y cyfan ar ben. Roedd y dyfarnwr wedi chwythu ei chwiban ar ddiwedd y gêm, a thîm Gelli Fawr wedi curo Pont y Castell o 16 pwynt i 9. Codwyd Cai ar ben ysgwyddau dau o fechgyn y rheng flaen. Roedd Marc Mathias yno, a gallai Cai ddarllen ei wefusau wrth iddo ei longyfarch a dweud, 'Rwy'n flin iawn am fod mor gas. Rwyt ti'n gallu chwarae'n ardderchog.'

O rywle'n bell i ffwrdd, synhwyrai Cai sŵn y dorf, a chofiodd ble roedd e. Roedd y band yn chwarae 'Hen Wlad Fy Nhadau', a rhywle yn y dorf roedd Celt, a'i dad.

*Os wyt ti'n ffan
o storïau chwaraeon
tro'r dudalen . . .*

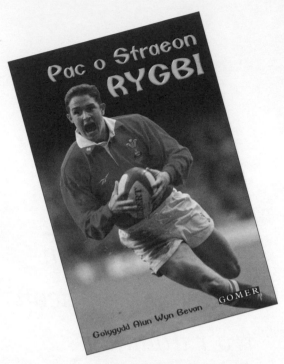

 Pan gaiff OTT (Owain Tomos Treharne) – bwli sydd wedi gwneud bywyd Hywel yn anodd iawn ers blynyddoedd – ei anafu'n ddifrifol mewn gêm, dim ond Hywel sydd â'r dystiolaeth i brofi beth ddigwyddodd. Ond pam ddylai Hywel helpu OTT?

 Er i Yusef ddod yn bencampwr rhedeg Caerdydd, mae ei fri ar chwarae i dîm rygbi ei ysgol. Ond mae ei athro yn sefyll yn gadarn yn ei ffordd.

 I Barry Bychan, athro Huw, 'mae e fel asyn'. Ond tybed pwy sy orau am ddeall tactegau, yr 'asyn' ynteu'r athro?

Dyma rai o'r brwydrau a'r dewisiadau sy'n wynebu'r chwaraewyr rygbi ifanc yn y pum stori fer gyffrous yma, felly paciwch i lawr i daclo'r darllen!

Dewch i ymuno yn anturiaethau'r chwaraewyr
pêl-droed brwd hyn –
Wayne sy'n dod yn arwr annisgwyl ar ôl camu i
esgidiau seren o'r gorffennol; Shanta sy'n cael
cerdyn coch ac sy'n ofni cael ei wahardd o'r
gynghrair yn sgil pryfocio a ffowlio slei Dorian Powell;
Ioan sy'n ceisio ennill y gêm bwysicaf erioed yn
hanes tîm Ysgol Caermeini; Ricky Royle a'r profiad
trydanol sy'n gwella'i sgorio'n rhyfeddol
. . . a llawer mwy.

 Dyma ddeg stori llawn sbort
sy'n sgorio bob tro!